今天也要喜欢你

JINTIAN YE YAO XIHUAN NI

子非鱼 / 著

黑龙江美术出版社
Heilongjiang Fine Arts Publishing House
http://www.hljmscbs.com

作者简介
ZUOZHEJIANJIE

子非鱼

| 小 花 阅 读 签 约 作 者 |

一个用尽全力堪堪抓住90后尾巴的小姐姐
灵魂写手,每天沉迷故事无法自拔
喜欢万物复苏的春天,期待生活在四季春意盎然的昆明

代表作:《请别忘记我》《喂,给你我的小心心》

作者前言
——愿所有有爱的人，最终相遇于人海

这个故事创作得格外艰辛。

原本最先敲定的是一个古言甜文，但是写到一半，若若姐说我古言的男主有些 gay 里 gay 气，于是又换成了现言。

一顿兵荒马乱。

这是我的第四个故事，先后遇上了无梗、卡文和情节不够等所有写文会遇到的事情，光是创作细纲就用了一个半月，可以说是非常艰辛了。

在这期间，长沙下了几场雨，赶在年前还落了一场雪，很冷。

这几个月里，若若姐开始要求我们完成长篇故事的同时，创作短篇小说。

毫无疑问，我第一个短篇故事没有过，这完全在我的意料之中。当时我就在想，短篇好难，不想写，可是若若姐说短篇才是衡量一个作者写作水平的标准。我不想落后于其他小花小草，总觉得同样的环境下，他们能过我也一定能过。就这样，憋着这股气，我写出了《镜中花》。

　　《镜中花》是我在常德玩时抽空写的，没想到会过。更没想到这会是我短篇之路的开始，之后的第二篇《朋友一生一起走，他却偷偷有了狗》也过了。什么也说不出来，只是突然觉得自己特别、特别特别幸运。

　　说到幸运，最幸运的应该是进到大鱼，进到小花。

　　来大鱼已经有半年了，跟着大鱼的所有家人一起度过了十分温馨的年会，看到了很多有趣的节目，还抢到了金主爸爸的大红包，觉得很荣幸也很开心。

　　希望未来我变得更好，希望所有人都能更好。

　　最近初中群里突然活跃了起来，说实话，我们的聚会群建起来到现在从来没人发过言。

　　我注意到我以前的一个朋友,以及她的男朋友。这一对是当时学校里很有名的情侣,不仅躲过了校长和班主任的严追严打,而且一起跨越了艰难的高中三年,考进了同一所大学。

　　他们的爱情经历了千锤万打,百种磨砺,这过程中有厌烦,有诱惑,有迷惘,也有说过分手的时候,可最后兜兜转转,陪伴在身边的,还是最初的那个人。

　　我不知道这是怎么样深刻的感情。原本不信"从校服到婚纱"这类事,直到在群里知道了他们订婚的消息,还看到了两人大方晒出的婚戒。

　　好大一波狗粮,但我啃得很开心。

　　真好。

　　我虽然创作故事,但原本也知道故事只能是故事,不会成为现实,只是这一刻,我却觉得故事不仅仅是故事,也能成为现实。好像存在于故事里的人突然活了过来,那些一个字一个字码出来的故事情节真的一幕一幕降临在身边的某个人身上,让我整个人都莫名兴奋了起来。

所以在这里,我愿所有有爱的人,最终相遇于人海。

嗯,吐槽的、煽情的、感动的话都说完了,最后说点儿好玩的。

我们小花育婴室里最近多了两位作者,都很撩。每天码字时我们都可以相互讨论剧情,一起笑一起思考,最有趣的应该是看她们调戏蒙太奇小哥哥了。悄咪咪地说一嘴,我和森木把她们带进了王者圈里。

还有,我最近又多了个昵称,叫鱼鱼,很高兴。

最后的最后,祝大家每天快乐,去买想买的,去做想做的。

比心。

子非鱼

目录

/ 楔子　　001 /

/ Chapter1　004 /　　你好,生死簿上说你阳寿已尽。

/ Chapter2　018 /　　沈总?娇妻跟别人跑了?

/ Chapter3　030 /　　你口红颜色有点眼熟,像猴子的屁股。

/ Chapter4　043 /　　我想潜规则你。没想到你是这样的沈总。

/ Chapter5　056 /　　作为一个神仙,他却以为她只是讲故事。愚蠢的人类啊!

/ Chapter6　069 /　　说出来你可能不信,我住在阎王庙里。

/ Chapter7　081 /　　乔苏,你可能是个缺心眼。

/ Chapter8　091 /　　她们为什么一直看着我?因为你好看。

/ Chapter9　102 /　　小苏姐,说实话你是不是神仙!

/ Chapter10　114 /　　人间的女人真是可怕。

/ Chapter11　126 /　　他可能,有个假的助理。

目录

/ Chapter12. 139 / 沈郁舟，你浑身萦绕着一团黑气。

/ Chapter13. 149 / 生日礼物送什么好？两只小鬼。

/ Chapter14. 161 / 他收到的生日礼物是一整盒的磁疗内裤！

/ Chapter15. 173 / 沈总，你放飞了几十支口红。

/ Chapter16. 185 / 阎王@全体成员：心动是一种什么样的体验？

/ Chapter17. 197 / 别人不喜欢你，有人会喜欢你。

/ Chapter18. 210 / 你要不要跟我去地府坐一坐？

/ Chapter19. 223 / 沈总原来还是热搜体质。

/ Chapter20. 233 / 现在的总裁随便一个红包都这么大吗？

/ Chapter21. 244 / 我身边空了一个很重要的位置，你来吗？

/ Chapter22. 260 / 幸福得像花儿一样。

/ 番外一. 270 / 人间记事

/ 番外二. 276 / 天庭记事

楔子

灰暗的空间里阴风阵阵，吹得人后背发凉，忽然听得几道声音响起——

"堂下何人？"

"禀阎王，那小鬼乃凌霄市市长蒋海玉。"

乔苏坐在正位，翻了翻手里厚厚的一本作恶录，找到了蒋海玉的名字。泛黄的纸张夹在她白皙的指尖，她缓缓道："蒋海玉，作为市长，欺诈同行，诽谤民众，夺他人之财产与妻室……"

念到后面，她眉头渐渐蹙起。

"挖人坟墓，盗死人之陪葬品……"

"欺爹辱娘，目无尊长……"

"这罪名有点大啊。"乔苏合上作恶录，睨了一眼地上跪着的男人，猛地一拍惊堂木，"啪嗒"一声响，"那就先发去第九层油锅地狱炸几遍，炸完再去十五层磔刑地狱，最后去十三层血池地狱，永世受刑，不得超生。"

"饶命啊大人！饶命！"蒋海玉涕泪横流地喊道。

"聒噪，再多炸几遍。"

等人被带走，乔苏双脚一蹬，后背靠着椅背，将腿架在面前的桌子上。她揉了揉胀痛的太阳穴，哀叹了一声。

门口传来细碎的说话声，没过多久，黑白无常就到了身前。

"老大，没勾回来。"白无常道。

黑无常木着脸接过话头："那沈郁舟看样子不简单。"

乔苏点点头，表示自己知道了。

乔苏伸手把生死簿拖了过来，打开，看了一遍又一遍，心想这沈郁舟是何方神圣，明明阳寿已尽，魂魄却迟迟不肯离体，黑白无常几次三番带不回人。再拖个几天，她就要被玉帝扣工资了。

身为地府阎王，乔苏每个月都要去一趟天宫，和众神一起面见玉帝，通俗来说就是汇报工作，要是这个月任务完成得好了，玉帝就会额外发一笔奖金，相反，如果没有完成好，就会在原本的工资上扣掉一笔。虽然他们地府用的是冥币，但物价也是很高的，所以——经不起扣。

乔苏丢开生死簿，被白无常手忙脚乱地接住。

"我得亲自走一趟。"毕竟是关系到工资的大事，可马虎不得。

黑无常把生死簿从白无常手里拿过来，连着那本作恶录和一方惊堂木，规矩地摆在桌面上。

"小黑，这么敬业呢？"乔苏一走，白无常就歪倒在黑无常身上，像是没了骨头一样。他一手揽着黑无常的肩膀，哥俩好一般，"走，哥哥带你去索魂！"

黑无常面瘫脸："不去。"

"你这人怎么这么没劲儿呢？"白无常嚷嚷着，见黑无常冷着的脸上眉头蹙得越发紧了，才终于闭了嘴。

算了，反正下午地府放假，不谈工作，不谈工作。

"那咱们去城东那家店里吃馄饨去？"

唠唠叨叨的声音渐渐远去。

Chapter1.
你好,生死簿上说你阳寿已尽。

01.

九月刚过,吹过来的风中仍带着丝丝热浪,喷在人脸上,好一阵脸红耳热。

没精打采的老树叶子蔫蔫的,树下的阴影里突然站了个人。

乔苏挥了挥手给自己扇风,散落下来的碎发有一下没一下地亲吻着脸颊,她一边扇一边抱怨:"这人间也太热了。"

抬眼一看,浅金色的"沈宅"二字映入眼帘。

这就是沈郁舟的家了。

乔苏穿过墙,到了宅子内。

这宅子看样子已经上了年头,外观磅礴大气,很是古朴,估计是一代代传下来的，但应该被修缮过，又有一点现代的风格在里面。

院子里有几个人在打扫卫生，厨房里飘过来的香气萦绕在鼻尖，撩得她心里痒痒的。

不行，稳住。

乔苏站稳了身形，面无表情地从他们中间穿过去。

宅子太大，她找了许久才找到沈郁舟。沈郁舟正靠在椅背上，一套灰色家居服裹身，手长腿长的，一手拿了一支钢笔把玩，另一只手在笔记本电脑的键盘上敲击着。

他脸上没什么表情，五官看起来还有点凌厉，淡色的唇合着，透着一股子禁欲的味道。不过这不是乔苏该在意的事情，她在意的是沈郁舟魂魄不离体的原因。他身上没有一丝死气，分明不是将死之人……要不是生死簿不会骗人，乔苏都要以为上一任阎王写这个是在耍她。

乔苏正想靠近仔细看看，沈郁舟却突然抬起了头，眼皮掀了掀，一双眼睛盯了她好一会儿，才说："你就是新来的助理？"

他怎么看得见她？

沈郁舟丝毫不知乔苏心底掀起了惊涛骇浪，只是淡淡道："是个女人啊……"

乔苏低头看了眼自己，很好，隐身符没失效！

那么，他是怎么看到她的？

神界的人到人间一般都要给自己贴上隐身符，免得给人间造成影响。当然，像是黑白无常这种专门索魂的鬼差是不需要隐身符的，只有魂魄离体的人才能看到他们。

检查了一遍隐身符后，乔苏瞪大了眼："你看得见我？"

沈郁舟看了她一眼"……"目光里大概透露着"你是傻子吧？"的意思。

这么不友好的吗？

乔苏忍不住在心里安慰自己：我是神我是神我是神，我不跟凡人一般见识。

"叫什么名字？"沈郁舟放下手头的工作，看着她。

"说出来你可能不信。"乔苏看着他，言辞凿凿，"我是阎王，因为生死簿上写着你阳寿已尽，所以过来索魂。"

沈郁舟面色一沉："管家！"

"别别别，我胡说八道的，我叫乔苏。"要是让外人进来还得了，他们又看不见她，估计会引起恐慌，到时候被玉帝发现又得扣工资了。

沈郁舟不知道她心里的弯弯道道，随手在桌子上抽出一张名片，意思很明显——存电话。

乔苏存好电话，系统自动将沈郁舟归类为：凡人。

"既然来了，就先做事吧。看到我这支钢笔了吗？去买一支新的回来。"沈郁舟把钢笔放在桌上,示意乔苏去拿。他的钢笔前几天摔坏了笔尖,写出来的字出墨不均匀,需要换一支新的。

乔苏不知怎的,听完他的话果然就拿起了钢笔往外走。

等出了房间,外面一个女人看到半空中飘浮着的钢笔,突然尖叫一声:"有鬼啊!"

几个扫把劈头盖脸地砸下来,乔苏一躲,众人眼里的钢笔就换了个位置,到了另一边。那些人惨叫着,瞬间跑没影了。

乔苏:"……"

02.

片刻后,乔苏走出了沈宅。

走出一段路,她猛地回过神来——

不对啊!她又不是来当助理的!

乔苏想回去,但一想到沈郁舟能看到她,如果不能把钢笔买回去的话,她该怎么接近他?

想了半天,乔苏摸出手机,先把地图上地点选择的"冥界"改成"人间",才导航到一家钢笔店,距离她有三十公里,还是最近的。

乔苏不知道三十公里是有多远,只知道斗战胜佛孙悟空一个跟斗是十万八千里,她没法跟孙悟空比,不过飞起来还是很快的。

选择了空中线路后，没几分钟她就到了钢笔店门前。

趁着四下无人，乔苏取下隐身符，刚要推门进去，她突然想起自己没有人间的钱，于是给沈郁舟打了个电话。

"沈郁舟。"

沈郁舟眉头一跳："叫我沈总。"

"沈总，你没给我钱。"

"……"

沈郁舟无语了一下，才说："加我微信。"

乔苏点开微信，搜到沈郁舟发了好友添加，发完后她才想起自己这是地府版本的微信，应该申请个小号的，但是沈郁舟已经同意了，顺便转过来一万块钱。

有钱人的生活果然不一样。

乔苏买完钢笔，又贴上隐身符飞了回去。这回她摘了隐身符才进门，管家看到她，一愣："这位小姐是？"

"我是沈总的新助理。"乔苏微微一笑。

乔苏把钢笔放在沈郁舟的桌子上，沈郁舟从一堆文件里抬起头，看到她似乎愣了一下。

视线下移，见到那支崭新的钢笔，他终于露出了一点意外的表情，像是惊讶："你在哪里买的？"

"旗舰店。"乔苏笑眯眯道。

"旗舰店离这里至少半个小时的路程，这一片又全是别墅群，很难打车，一来一回两个小时算快的，你去了不到二十分钟。"沈郁舟以为她是随便买了一支差不多的回来，于是拿起来检查了一遍，确实是真品。

"哦，那就是在街角的小卖部买的。"乔苏毫不在意。

沈郁舟听着乔苏敷衍的回答，没来得及说话，又被乔苏震惊的声音压了下去："等等……你知道难打车还让一个女孩子独自去那么远的地方买钢笔？"

"……"

"你的绅士风度……"被狗吃了吗？

"这一片的安保问题你放心。"沈郁舟给钢笔内胆灌好墨，再慢慢旋上笔身，"再说，这里有车，是你自己不用。"

乔苏还是头一回看见这么不要脸的人。

这么一折腾，太阳已经盘到了头顶，中午了。

管家敲了敲门："少爷，该吃饭了。"

沈郁舟放下笔，起身往外走。发现乔苏没跟上来，他又偏了偏头："要我请你？"

"哦，来了。"乔苏一边应着，一边感慨，直接说"吃饭"多好，非得弄得她战战兢兢、提心吊胆的。

乔苏端着碗，偷偷瞄沈郁舟。

已经是第二碗了，食量这么大，哪里像是个将死的人？上一任阎王果然是在玩她吧？

也不对，还有一种特殊情况。

一个人临死之前如果有什么特别大的心愿未了，他的执念会撑到他将心愿完成的那一刻。

那么，沈郁舟有什么心愿呢？

沈郁舟被她盯得后背发麻，屈起手指在桌面敲了几下："专心吃饭。"

乔苏直到离开沈宅时还是云里雾里的，踩着落霞铺满的街道走了几步，才突然反应过来："我到底干了什么？"

她怎么就答应了沈郁舟明天去上班呢？她是个阎王啊！不过这倒是给了她接近沈郁舟，查清楚他魂魄不肯离体的原因的机会。想来想去，这对她也没什么坏处。

走出别墅群，乔苏顺着回去的路线走到阎王庙，一头扎进了坐在正中央那个面色肃然的阎王雕塑里。

03.

"轰隆隆——"雷声巨响，仿佛裹着滔天的怒气一般，震得乔苏耳膜发颤，直挺挺地从床上坐了起来。

怎么回事？

迷糊了一下子，乔苏才想起，今天她要去上班，这道雷声是她设置的闹钟。

乔苏摸下床，心里思量着：下次上天得跟雷公商量商量，让他把声音录成神界默认闹铃的时候小点声。

乔苏脚步发虚地赶到公司楼下，她在导航上多花了点时间，中间还走错了路，果然迟了一步。玻璃门上映着她的脸，她连忙对着玻璃扒了扒自己乱糟糟的头发，整理好自己的仪容，她再一抬头，猛然发现玻璃门上多出了一个人的脸。

乔苏吓了一跳，看着近在咫尺的沈郁舟，嘴角拉出一个笑容："沈总。"

沈郁舟面无表情地扫她一眼，绕过她朝电梯走去："上班第一天就迟到，还不跟上！"

沈郁舟身后的人都愣了，眼看着两人进了电梯，其中一个才开口说话："那位是人事部新找的总裁助理？"

"哪能啊，我这边的招聘都还没放出去呢……"人事部的人连忙摆摆手，"不过既然总裁自己找到了，我就在招聘计划上就把助理的职位抹掉好了。"

说话间，不远处的电梯门"叮——"的一声，关上。

电梯在顶层停下,电梯外,一个男人赶忙迎过来,他看了看沈郁舟,再看看面生的乔苏,愣了愣才说:"这位小姐是?"

沈郁舟奇怪地看他一眼:"这不是你们找的新助理吗?"

"噢,人事部动作这么快啊。"男人恍然大悟。

等沈郁舟进了办公室,男人才跟乔苏说:"我是总裁之前的助理,你叫我高哥就行了,我今天带你一天,让你熟悉熟悉工作。"

乔苏本是不太愿意叫哥的,毕竟这个男人看起来嫩得很,按照人间的算法,大概也只有二十七八岁,而她都有两千一百多岁了,比他祖宗的祖宗还要大。但是,乔苏瞅了瞅自己的身板……她点点头,跟着高哥在各个地方先转了一圈,才回到自己的办公室:"高哥,你为什么要辞职?难道沈总不好相处?"

"没有。我老婆怀孕九个多月了,快要生了。"高哥跟乔苏坐在座位上唠嗑,递给她一把瓜子,"小点声嗑。沈总人不错,就是话少了点。对了,沈总不爱吃香菜,你一会儿给他订饭的时候注意点。"

终于把沈郁舟的忌讳和喜好全部记下,乔苏盯着面前写着密密麻麻的字的纸一阵头疼。

快到十一点,乔苏摸出手机给沈郁舟订餐,挑挑选选,最后订了份牛排饭,然后在系统里填了花费报表,等着财务报销。

高哥还在说沈郁舟几年前接手这家公司时凭一己之力力挽狂澜的事迹,一边说一边手舞足蹈,说到一半,他的声音戛然而止,然后看了眼表:"十一点了,得给沈总泡杯茶了。"

乔苏:"……"

乔苏端着杯茶进去,沈郁舟正在看文件,头也没抬。

十二点刚过,乔苏拿到外卖就给沈郁舟送了过去:"沈总,吃饭了。"

沈郁舟刚处理完文件,看她一眼:"放那儿吧。"

04.

乔苏也大致清楚了沈郁舟的状况。

沈郁舟今年二十五岁,他接手"沐辰"时才十八岁,那时候他爸过世,压力全被他一人扛了起来。

沐辰是一个集团企业,主要业务是娱乐这一块,沈郁舟平时很忙,最近旗下又成立了一家做日化的子公司,他有空的话还会去那家公司视察。

高哥还在说:"公司目前在筹备一部古装剧,估计接下来有段时间会很忙,见沈总的人也会更多,他不喜欢女人近身,尤其是……"高哥话没说完,就有个抹着大红唇的女人踩着细高跟走进来,张扬得像一团火。像是没看到正说话的两人,女人朝着沈郁舟的办公室走去。

高哥接着把话说完:"尤其是她,吴嘉欣,不要让她进沈总的办公室。"

"你怎么不早说？"乔苏睁圆了眼睛，猛地奔出去，但还是晚了一步，沈郁舟办公室的门刚好被关上。

乔苏也不好再进去。

高哥走出来，拍了拍她的肩"你也别在意，这种事情时有发生，下次记住就行了。"

"沈总这么受欢迎？"乔苏想了想吴嘉欣那张精致的脸和那前凸后翘的身材，不免有些替沈郁舟担忧。

"差不多吧，不过吴嘉欣应该是为了《神行九州》的选角来的。她跟沈总是大学同学，估计是想走后门。"高哥说。

"真有走后门这档子事？"乔苏瞪大眼。

高哥翻了个白眼："那当然，还有潜规则，你怕不怕？"

这时，高哥的手机振了振，他接起来，瞬间就变了脸色，焦急地收拾好自己的东西"小苏啊，这里交给你了，我老婆羊水破了，我先走了！"

"哎？"乔苏"尔康"手都没来得及伸出去。

没人一起说话，乔苏干脆摸出手机搜了下吴嘉欣，一搜就搜出来一堆黑料，不过这都是几个月前的事了，最近倒是没爆出什么。

又过了一段时间，吴嘉欣还没出来，乔苏突然想起高哥说的"潜规则"，不可置信地盯着那扇紧闭的门，该不是在……办公室 play 吧？

乔苏算算时间，越想越觉得自己的猜测没有错。

就在这时，办公室的门开了。

吴嘉欣走出来，面上有些红，发丝微微凌乱，经过乔苏身边时，还居高临下地睨了她一眼。

哇……刺激！乔苏脑补完小电影桥段，觉得自己再也不能正视沈郁舟了。

正好沈郁舟在办公室里被吴嘉欣身上的香水熏得受不了出来透气，就接收到乔苏两道异样的目光。

"看着我做什么？"沈郁舟被盯得头皮发麻。

乔苏露出一个谜之微笑："沈总，你是不是潜规则人家了？"

"……"沈郁舟面色微沉，似乎想骂人，但是理智不允许他说这种粗话，组织了半天语言，也只说出一句，"你脑子里每天都在想什么？"

吴嘉欣要黏上来求他，他伸手推开，怎么就变成潜规则了？

为了防止乔苏再语出惊人，沈郁舟气也不透了，又回了办公室。

窗子开着，吹进来的风已经差不多把室内的气味驱逐掉了，沈郁舟这才重新坐下来，打开电脑，对着满屏幕的字满脑子都是那句"你是不是潜规则人家了"。

真有毒。

05.

乔苏整理完其他部门传过来的文件，将它们分别存进文档，因为文件多，她花了好一段时间才分完类。

好不容易逮着机会可以休息一下，电脑右下角的微信图标突然跳动起来，乔苏还以为是沈郁舟找她，点开才发现是地府群里的人在聊天。

她作为地府五殿里的老大，刚上任的时候就建立了这个群，每天看着里面的鬼撒泼耍宝，也挺有意思的。

【白无常】：啊，今天又是繁忙的一天！

【牛头】：老哥，也许你该要点脸，你哪次任务不是小黑完成的？

【追梦鬼】：举报，小白趁老大不在就水群！

【地府守门人】：小白是欠管教。

【孟婆】：小白喝汤吗？喝一口忘掉小黑的那种。

【白无常】：不喝，滚！

【地府狱卒】：好奇小黑哥在哪儿。

【黑无常】：在这儿。

【白无常】：小黑，别出差了，快回来，我要饿死了！

【马面】：围观小白哥被饿死。

【白无常】：鬼心如此冷漠……

哇……她在这边端茶倒水、做牛做马，这群兔崽子居然在插科打诨，上班时间公然摸鱼！

乔苏想了想，发了句话——

【阎王】：这月奖金扣半。

发完这句话，群里瞬间安静。

乔苏瞄到角落里的时间，按照高哥说的，每三个小时给沈郁舟送一次饮品，她掐点送了杯咖啡进去。

浓郁的香气飘散在空中，蒸腾着乔苏的下巴："沈总，咖啡。"

被热气模糊的五官精致漂亮，沈郁舟看了她一会儿，随即不动声色地移开眼。

恰好沈郁舟电脑打开的文档停在《神行九州》剧本里的一段床戏上，乔苏随意瞥了一眼，看他的眼神又不对了。

"……"

沈郁舟竟然猛地理解了她的意思，瞬间整个人都不太好了，过了好久，才说："你走。"再也别进来了，他怕他会得心肌梗塞。

乔苏放下咖啡，特别善解人意地看着他："我理解的，沈总。"

"……"

你理解什么了？这只是一份剧本！能换助理吗？就现在。

Chapter2.
沈总？娇妻跟别人跑了？

01.

乔苏发现沈郁舟最近很忙，因为一个上午她为他接了十二通电话。乔苏还发现沈郁舟很帅，很受欢迎，很有市场，因为里面有六通电话是约他吃饭的。

办公室里的百叶窗被沈郁舟拉了起来，正对着乔苏的办公室，隔着两层玻璃，乔苏能清楚地看到沈郁舟严肃的侧脸。

阳光爬进他的办公室，照亮了他桌面上那盆绿萝。西装外套被他随意丢在沙发上，衬衫扣子也解开了一颗，露出形状漂亮的锁骨，很是诱人。浅浅的光晕下，他脸部线条都柔和了不少，看起来无比赏心悦目。

身为一个神仙，乔苏对外貌并没有什么美丑的概念，所以只能在旁人的目光和谈论中得知这一方面。不过还是不得不说，天宫地府的神仙一个个都五官端正，嗯，这是她能找到的唯一的形容词了。

此时，沈郁舟正为日化公司的一款产品选代言人。

乔苏推门进去时刚好看见他至今为止没露出过笑容的脸上露出了几抹烦躁，她把文件放好，转身就要走。

沈郁舟偏头看了她一眼，似乎在奇怪她怎么不问问情况。乔苏被他的目光逼得生生站住脚，还是尽职尽责地问了句："沈总？娇妻跟别人跑了？"

"你闭嘴！"还不如不问呢！

他最近事情太多，也有点吃不消，于是敲了敲桌面，示意乔苏站过来："最近高铉那边一款新产品要做个广告，但是卡在了代言人这一块……"

"高铉"是沐辰旗下那家做日化的子公司的名字。

乔苏看了眼沈郁舟的脸，满脸正直："我觉得，要是用上沈总您的颜，产品一定会脱销。"

沈郁舟面无表情地把桌角那一袋纸尿裤甩在乔苏的脸上。

乔苏手忙脚乱地接住，然后瞥了一眼沈郁舟的电脑屏幕。Word 里打开的是一份广告宣传书，她刚好看到最后那句黑体加粗的广告语，忍不住脑补了一下沈郁舟的冰块脸拎着纸尿裤说出"选择高铉,让宝宝拥有健康的屁屁",顿时一阵恶寒。

但是……乔苏有些奇怪地看了他一眼:"公司不是有那么多签约的女艺人吗?"

沈郁舟一想就知道她要这么说:"沐辰的艺人都是些妙龄单身女,一个个连男朋友都没有,谁会带孩子?"

"嗯,也是。现在的艺人怕结婚生子影响事业,就算是结婚,也要推迟个好几年才会要孩子……要是有生了孩子的女艺人的话,事情就简单了。"不过现在有些女艺人事业心强,即使生了孩子也差不多一年三百六十五天都窝在片场,很少会有安心在家带娃的,连片约都接不过来,更别说跑出来接广告了。

"简单?"沈郁舟咀嚼着这两个字,似乎是笑了笑,他眼尾上扬,一笑起来脸上的冰雪仿佛全部消融,面目柔和,"那这件事就交给你了,这是影后陆清安的住址。"

乔苏盯着那张被推过来的卡片,上面写着的淡蓝色钢笔字,墨水已经干涸了。半晌,乔苏才回过神来,有些不确定地问:"等等,你……是在挖坑让我跳吗?"

还有这种骚操作?

02.

乔苏对陆清安并不陌生,她颜值高、演技好,地府里追她剧的鬼不少，尤其是白无常，可以说是陆清安的头号粉丝了。

乔苏拨通了陆清安的电话，但是没人接。她又打了两遍，铃声响了好久才被人接起来。她还没来得及出声，那头一个崩溃的女声先传了过来，还夹杂着哭腔："求你了，不要再给我打电话了！你已经严重影响到我的生活，不要再打扰我了！"

"？"她什么也没干啊！

那边的抽泣声还在继续，乔苏终于忍不住为自己辩解："陆小姐？您在说什么？"

陆清安那边似乎是顿了顿，抽泣声小了一些，问："你是谁？"

"沐辰集团总裁助理，想找您谈谈合作的事情。"乔苏虽然还在说话，但一只手已经熟练地打开了微博，翻到了陆清安的账号。

三天前，陆清安发过一条关于私生饭的微博，还配了一个小视频。视频画质一般，应该是从楼道里物业安装的监控里截取的。视频里面有个男人一直在她家门前走来走去，还时不时趴在门上听一听里面的动静，右下角的时间显示是凌晨两点左右。

自从进了公司，乔苏接触到的人和事就多了起来，也会经常上网，掌握了不少新型词汇，也当然知道"私生饭"是什么。

"不好意思乔小姐，我现在恐怕不能……"陆清安显然已经平复下来了，声音稳定了不少，只是还有些沙哑。

这是乔苏当助理后沈郁舟交给她的第一件正经事，她不愿意搞砸，想了想又说："陆小姐，我能帮你解决私生饭的事情。"

那头静默了一下,终于同意了。

乔苏打开地府群,利索地在对话框里敲下一行字。托沈郁舟的福,她现在用键盘打字的速度真是越来越快了。

【阎王】:@白无常,给你一个和女神见面的机会。

【白无常】:老大,我的女神是你啊!

【奈何桥边的彼岸花】:围观楼上吹牛。

【二殿楚江王】①:小白的马屁拍得真是越来越好了。

【三殿宋帝王】②:二哥说的极是。

【孟婆】:我觉得小白需要来一碗汤。

【阎王】:别闹,我说的是人间那个演员陆清安,你们手机播放器里的那个陆清安。

【一殿秦广王】③:五妹什么时候跟人类扯上关系了?

【阎王】:说来话长。小白,来不来?

【白无常】:实不相瞒,我大姨夫来了……

【黑无常】:他骗你的。

【白无常】:小黑!!!好吧,我开玩笑的,为女神效劳,我白某一百个愿意。

03.

赌一毛钱,小黑不继续回复是因为吃醋了。

乔苏正打着字，完全没注意到身后站了一个人。沈郁舟看了一会儿，目光落在了群名上。

"你喜欢《幽灵差》？"

突然从耳后传来的声音吓得乔苏手一颤，鼠标没有拿稳，就这样打错了几个字。

沈郁舟视线下移，看着群里发言人的名称备注，嘴角顿时抽了抽——这群人……是幼稚期还没过吗？

乔苏满脸惊恐，立即把对话框关了。已经被沈郁舟看到地府群了，不知道会不会引起他的怀疑？

她正紧张着，听见沈郁舟说："《幽灵差》这部剧制作得很好，里面的服装制作和地点选择都很到位，你很有品位。"

沈郁舟见乔苏不说话，又问了句："你喜欢许苔？"

呃……许苔是谁啊？但是为了尽快揭过这一页，乔苏只好点点头。

"嗯，她的剧都不错。"沈郁舟说完，就径直走去了水台，自己打了杯水。

这一举动使得乔苏忍不住看了眼时间，还差半个小时才有三个小时整，还没到她送饮品的时间。

乔苏在网上找到了《幽灵差》，开始观看。

这是一部半恐怖电影，全长九十分钟，女主就是由许苔饰演的。

长得还不错，长发飘飘，自带仙气，身形羸弱，很是惹人心疼。

难怪沈郁舟会问她是不是喜欢《幽灵差》，这部电影讲的是女主莫名其妙加入了一个地府群，从此打怪升级，收割男神的故事。

沈郁舟一定是把她当成了这部电影的迷妹，所以才会痴迷地用了"地府群"的群名。

得知真相的乔苏，心情有点复杂。

要是沈郁舟知道她的身份，估计哪天魂魄离体了也会吓得诈尸。

这时，电影剧情进入了白热化的阶段，女主因为备受欺凌，意料之外地加入了一个地府群，睡觉时梦到自己进入了地府。乔苏盯着屏幕里破烂阴森、到处透着蓝色鬼火的地府，嘴角抽搐了一下。

就在这时，一道白影从女主身后掠过，瘆人的笑声像是3D立体声一样回荡着，一个白衣白帽的人突然出现，手里拿着白色法杖，七窍流着血的样子，吓得女主失声尖叫。

乔苏："……"她竟无力吐槽。

地府是很华美大气的好吗？白无常是不会流血的好吗？再说，人也进不了地府，白无常也不会闲得没事去吓人，鬼差都是很忙的好不好！BUG！全都是BUG！

地府的形象居然被人抹黑成了这样！真让阎王心情复杂。

04.

第二天一早，乔苏就去了陆清安家。

沈郁舟在一份文件上唰唰两下签上名字，余光瞥到整点了，放下文件等了一会儿，没见乔苏进来，于是拉起窗帘，才发现乔苏的位置上没有人。

顶层的右侧是总裁办公室和休息套房，平时除了他和乔苏就没有其他人了。今天乔苏不在，沈郁舟头一次觉得这层楼，空荡得有些过分。

微信提示音响了下，是乔苏发来的一张照片：

[请喝茶.JPG]。

沈郁舟嘴角一抽，顺手回过去一串省略号，随即起身去了水台。

乔苏收好手机，刚好走到了陆清安家门口。

陆清安抱着不满两岁的孩子在喂牛奶，家里还有一个保姆在厨房里做吃的。

"乔小姐。"陆清安显然没睡好，眼圈很黑，整个人都有点提不起精神。

"他又来了。"陆清安把东西放在桌上，那是一条穿过的男士内裤，她有些痛苦地垂着头，"我老公出差前在楼下都布置了人，但他还是进来了。"

陆清安的手机上全是那人发来的短信，乔苏一条条翻下去，翻到最上面那一条，暗暗心惊：我知道你换了手机号码，你换多少次我都能知道。

"你放心，今天过后他就不敢再来了。"乔苏逗了逗陆清安怀里的小孩儿，逗得他咯咯直笑。

陆清安的孩子小名叫"小树苗"，乔苏一边喊他，一边摸摸他的脸，皮肤真滑。

签完合同，乔苏走到门口，突然想起什么，又转回来"清安姐，能给我签个名吗？"

陆清安腾出手签完，送她到门口。

当晚，果然没人再在门口徘徊了。

陆清安吁了口气，给乔苏打电话，彼时乔苏正坐在那名私生饭家里的沙发上。她的电话被调成静音，没接到。陆清安于是又翻出合同上的电话，打给了沈郁舟，沈郁舟晚上睡得浅，电话一响就醒了。

"陆小姐？"沈郁舟听着陆清安说私生饭的事，眉头越蹙越紧。

陆清安以为这件事是他出手才摆平的，但他最近太忙，很少看微博，根本不知道陆清安被私生饭骚扰的事。

沈郁舟立马给乔苏打电话，果然跟陆清安说的一样，乔苏没接。

沈郁舟连忙起身，换了衣服去车库提车，一路不停地给乔苏打电话，一个都没被接听，他一颗心提到了嗓子眼儿。

05.

黑白无常把那名私生饭吓得够呛，只见他们一会儿吐出条大红舌头，一会儿挥一挥法杖，阴风飕飕，鬼叫连天。

那男人吓得叫也叫不出来了，两眼翻白，不一会儿就晕了过去。

"差不多行了，别扰乱人间秩序。"乔苏站起来，拍了拍衣服，"让他得到教训就好。"

"敢打我女神的主意，也不看看我白爷同不同意？"白无常说着，在那男人床头也放了条内裤，男士的。

乔苏愣了愣，问："谁的？"

黑无常睨了白无常一眼，依旧面无表情："路上捡的。"

"小黑，这就是你的不对了，我捡的时候你可什么话都没说，现在却揭我短。"白无常架着黑无常的脖子，把他往后拖，拖到自己面前掐了一把。

乔苏摇摇头："行了，出门的时候把显形符摘了，别让其他人看见了。"顿了顿，她从口袋里摸出一张折叠好的纸，"小白，给你的。"

"女神的签名！"白无常欣喜地揣进自己袍子里。

黑无常冷笑一声："呵！"

"怎么样这回？帅不帅？"白无常揭掉两人身上的显形符，

搭着黑无常的肩膀穿墙而出,追上乔苏的脚步,"来来来,小黑,叫我声'白爷'听听!"

"滚。"

"哇,小黑你居然说粗话了!"

乔苏走了一会儿,突然顿住了。

她盯着手机上二十多个未接来电,大脑有一瞬间的空白。

想了想,还是拨了回去,那边几乎是秒接。

"乔苏?"

"沈总,大半夜给我打电话有事吗?"

"你在哪里?"沈郁舟听着乔苏那边传来的车鸣声,眉心皱成了一个"川"字。

乔苏一脸莫名:"我在家啊,怎么了?"

"你不在家,你到底在哪儿?"沈郁舟方向盘上的手屈起,隐隐有要动怒的趋势。

天地良心!这会儿乔苏真在地府里!她的速度哪里是人可以比的,她承认,上一秒是在私生饭家里,但是她下一秒就到了地府。为了证明自己的清白,她只好拍了张自己卧室的照片发给沈郁舟。

沈郁舟接到照片,还是不太相信,难道他刚才听到的车鸣声,是别的声音?

"沈总,现在是凌晨三点,你不用睡觉?"地府因为不属于天宫范围,所以时间和人间的时间是能对上的,乔苏躺在床上呵欠连天,"沈总乖,赶紧睡觉,长了黑眼圈就不帅了。"

……

沈郁舟真想呵呵乔苏一脸,他跑出来都是为了谁?他一把将手机丢开,过了一会儿,又忍不住捡回来照了照自己的脸,没有黑眼圈,很好,这才掉转车头回家。

他刚才还没发现,环视一圈之后才发现自己已经把车开到了公司楼下,现在回沈宅也有些来不及,只好去附近的公寓里将就一晚了。

重新躺回床上的沈郁舟望着洁白的天花板出神,半响……

他都干了些什么啊?

注①②③:十殿阎王分别为一殿秦广王、二殿楚江王、三殿宋帝王、四殿五官王、五殿阎罗王、六殿卞城王、七殿泰山王、八殿都市王、九殿平等王、十殿转轮王。因分居地府十殿,故名。

Chapter3.
你口红颜色有点眼熟,像猴子的屁股。

01.

和陆清安签完了合同就要着手拍摄的事情了,乔苏最近忙得脚不沾地,但还记得到点给沈郁舟送杯饮料。

她今天早上重新翻了翻来电记录才发现第一个电话其实是陆清安打的,也大概明白了是怎么回事。陆清安是打算跟她说私生饭没有出现的事情,但是因为她手机静音了没接到,陆清安以为这件事是沐辰集团出的手,所以干脆打给了沈郁舟。

然后,就出岔子了……

乔苏想了好几个搞定私生饭的理由,谁知沈郁舟根本没有问她这回事,好像昨晚的事情根本没有发生一样,她想的理由一个也没用上。

于是,乔苏不得不感叹,男人心,海底针啊!

乔苏这边带着广告组的拍摄团队去了一开始就选好的场地，陆清安抱着孩子已经在等了，旁边还有个短发女生，在跟陆清安说着什么，应该是陆清安的助理。

"小苏，上次的事谢谢你了。"陆清安一直想给她道个谢，等了几天才等到机会。

"没什么的……咦，小树苗！"乔苏笑着接过孩子，抱在臂弯里闹了一阵，听他软糯糯、口齿不清地喊"阿姨"，有些乐不思蜀。

陆清安没问她那天晚上的事，估计是沈郁舟没跟她说什么，所以她还以为是沐辰集团的人出手做的。乔苏悄悄放下了心，同时也给陆清安点了个赞。

正在开会的沈郁舟突然打了两个喷嚏，略带歉意地向座位上的其他人道了歉，才接着刚才的话题说下去。

开完会，沈郁舟看了眼表盘上的时间，已经不早了。他下午没什么事，想起乔苏那边的广告拍摄，出了电梯往外走。

沈郁舟到达拍摄场地时，一行人正在拍第三个场景。乔苏刚好在对摄影师说着什么，有些手舞足蹈的。他靠着门框，没过去打扰。

没过多久，拍摄暂停，所有人中场休息。

乔苏走回来坐在角落里，仰头喝了口水，余光瞥到门口的人影，瞬间呛住了。她咳了一会儿，再抬头，沈郁舟已经走到了她面前。

"沈总，你什么时候来的？"乔苏把刚才做过的事在脑海里回放了一遍，确认了自己没什么做错的地方，才放下心。

"刚才。"说完，沈郁舟想了想，又加了一句，"过来视察。"

乔苏把刚才拍好的视频调出来，沈郁舟粗略看了眼视频，还没剪好，但已经能看出雏形。

不远处突然传来一阵幼儿的哭声，软糯糯的，透进了人心坎里。

陆清安抱着小树苗在原地走来走去，没一会儿，又开始围着场地转起了圈圈，最后走到了乔苏旁边。

哭得泪眼蒙眬的小树苗对着沈郁舟打了个哭嗝儿，陆清安不好意思地冲沈郁舟笑了笑。

"来，到阿姨这里来。"乔苏朝小树苗伸出双手，小树苗一把扑进她怀里，抽抽搭搭一会儿，就不哭了。

乔苏拿湿纸巾给他擦了擦眼泪："是不是饿了？"

陆清安笑着摇了摇头："才吃完呢。应该是没东西玩了，有些无聊。"

沈郁舟盯着小树苗看了一会儿，忍不住伸手摸摸他的小脸。软软的，形容不出来的感觉，很美好。

"给你抱？"乔苏看着他很感兴趣的样子。

沈郁舟有些手忙脚乱地接过小树苗，他一个大男人不太清楚怎么抱孩子，几个姿势都是错的，弄得小树苗又"哇"地哭出声。

"他哭了。"沈郁舟一向没什么表情的脸上出现一丝裂痕。

乔苏要笑死了,此时沈郁舟的动作就像马戏团的猴子在玩杂耍一样。她从他怀里接过小树苗,小树苗就乖乖地闭上了嘴巴。

陆清安和沈郁舟不熟,也不好意思嘲笑人家一个总裁,但她的肩膀也一直在微微抖动。

沈郁舟不信邪似的又把小树苗抱过来。小树苗一接触到沈郁舟,顿时就眼泪狂飙,哭得肝肠寸断。

乔苏几乎笑倒在地,一边笑一边断断续续地说:"你……你太严肃了,要不然你笑一笑?说不定他就喜欢你了。"

沈郁舟对着哭得上气不接下气的小树苗也笑不出来,只能勉为其难地从嘴角拉出一个生硬的弧度。乔苏从来没见过这样的微笑,像是硬扯出来凑数的一样,太假了。

果然,小树苗哭得更凶了。

乔苏把小树苗接过来,摸摸他为数不多的头发。小树苗瘪瘪嘴,把哭声咽了下去。她不好太打击沈郁舟,只能委婉地告诉他:"别灰心,凡事都有第一次。"

沈郁舟:"……"下次再也不抱小孩了。

02.

拍摄一结束,沈郁舟抬脚就往外走。

乔苏在后面笑他。

原本他们是想把陆清安送回家的，但是被陆清安拒绝了，说是她弟弟会来接她，乔苏不好勉强，只能让其他人收拾东西。

这一层楼被沐辰包了一整天，除了沐辰的工作人员外，其他人也进不来，还算安全。而且撤景也很麻烦，一时半会儿广告组的人走不了，不用担心只剩陆清安一个人，乔苏这才恋恋不舍地跟她和小树苗告别。

沈郁舟走了一会儿，发现乔苏没跟上，又转个身，乔苏才走到他跟前。

"你怎么这么慢？"沈郁舟摁下电梯里负一层的按钮。

"你腿长你说什么都对。"乔苏翻了个白眼。

"……"

乔苏伸手按了一层的按键，过了一会儿，被沈郁舟摁灭了。

"我去一层就可以了，我没车。"乔苏说完又想了想，脸上立即露出不可置信的神色，她看着沈郁舟，"不会剩下的这半个小时还要回公司等下班吧？你这么抠门的吗？"

"……"

沈郁舟脸上的表情难看了点，好一会儿才说"陪我去个地方。"

"我不卖身的。"

沈郁舟估计是头一次见内心戏这么足的女人，脸上扭曲了好一会儿，好在电梯到了，及时地解救了他。

沈郁舟今天开了一辆低调的黑色保时捷，车身锃光瓦亮的，安静地停在众多轿车中间。

不远处缓步走过来一个西装革履的男人，皮鞋和水泥地面摩擦间发出"嗒嗒"的声响，很快就到了他们面前。

男人气质儒雅、长相清秀，眉目间隐隐和陆清安有些相似，鼻梁上还架着一副金丝框眼镜，显得很斯文。他客套地跟沈郁舟打了个招呼："沈总，拍完了？"

"陆总。"沈郁舟也露出个恰到好处的微笑，淡淡回应他，"陆小姐在楼上。"

原来他就是陆清安的弟弟啊，乔苏如是想。

陆清昀微微点头，视线一转，留在乔苏脸上，好一会儿才说："这位就是乔小姐吧？我刚回国，不知道私生饭的事，乔小姐这次可帮了我姐一个大忙。"伸手递给她一张名片。

"应该做的。"乔苏讪笑，心里已经把陆清昀从头到尾骂了一遍，真是哪壶不开提哪壶。

"陆总快上楼吧，陆小姐该等急了。"沈郁舟拉开副驾驶的车门，把乔苏塞进去，然后"砰"地关上车门。

陆清昀笑了笑，也不在意。他透过车窗玻璃冲乔苏挥挥手，然后伸手在耳边做了个打电话的手势，然后往前走去。

沈郁舟坐进车里，握着方向盘倒车，很快就驱车出了停车场。

一路上没见他问起那晚的事，乔苏也乐得当哑巴。

暖黄的光线洒进车厢，乔苏一看时间，已经五点半了。

她看了会儿飞驰而过的景色，忽然目光停在车内的储物台上。那里有个小摆件，是塑料做的盆栽，一朵白色小花在两片叶子中间摇啊摇的。

乔苏看了看面无表情、目视前方的沈郁舟，又看了看一摇一摆的小花盆栽，实在想不到他原来还是个这么有少女心的人。

沈郁舟忍了又忍，还是没忍住，一把抓起盆栽塞进了储物箱里。

"你又知道了？"乔苏满目惊奇。

沈郁舟觉得自己最近多了一项功能，那就是看乔苏的眼神就能猜到她要说什么。

03.

车子在一家蛋糕店门前停下，沈郁舟给乔苏开了门，两人一起走进店里。

"你过生日？"乔苏看着玻璃柜里琳琅满目的蛋糕。

甜腻的奶油香气充斥着鼻腔，沈郁舟眉头微蹙，似乎有些不喜。乔苏却和他完全相反，先是嗅了嗅，然后就去观察蛋糕的造型了。

"不是我，你帮我选一个，我带回去给……"沈郁舟话没说完，话头就被乔苏接了过去。

"我懂我懂。"乔苏看都没看沈郁舟，点着头选来选去，最后选中一款爱心形的。

她一边让店员把模具拿出来，一边跟沈郁舟说话："你把这个送给她，她就能体会到你对她的关心和爱了。"

沈郁舟盯着爱心蛋糕的模具看了许久："你确定？"

"一看你就没送过礼物……你看你平时这么忙，肯定很少陪她吧？"乔苏问。

"是。"

"那你喜不喜欢她？"

这对于沈郁舟来说有些难以启齿，他木着一张脸，仍是点头："喜欢。"

"那不就得了。"乔苏一脸"我就知道是这样"的表情，摇摇头道，"教你个方法，你在蛋糕里面放上她喜欢的东西，给她一个意想不到的惊喜。"

沈郁舟在怀里掏了掏，掏出一张卡。

"她喜欢钱？"乔苏说完才恍然大悟一般，"哇，有眼光，我也挺喜欢的。"

最后沈郁舟提着一个塞了银行卡的心形蛋糕要送乔苏回家。乔苏一想到自己住的地方在阎王庙里，顿时摆摆手，极力拒绝，她还是飞回去比较好，于是不再上车。

沈郁舟开车走了一小段，他盯着后视镜，发现乔苏已经不见了。

翌日清早，乔苏拎着一碗米线直冲入办公室。

离上班还差十分钟，乔苏一边嘬粉一边数着时间还够不够。

突然，电梯"叮"了一声。

沈郁舟从里面走出来，虽然依旧面无表情，但还是能清楚地看出他五官柔和了一点。

乔苏吸了口米线："早，沈总。昨晚过得愉快吗？"

这话乍一听没什么毛病，仔细一想，就能摸索出它蕴藏着的内涵。但是沈郁舟向来没有这方面的神经，只是睨了她一眼："你能吃完再跟我说话吗？"

"我这不是节约时间嘛！"乔苏看他样子也知道昨天没搞砸，也就不在意他回没回答了。

她吸溜一口米粉，边嚼边想：春天来了。

04.

乔苏临近下班时接到了陆清昀的电话，陆清昀要谢她解决私生饭的事情，她推托不掉，又不想陆清昀跟陆清安一样把事情捅到沈郁舟那儿，只好答应了。

收拾好堆在桌子上的文件，乔苏摸出包里的口红，对着小镜子抹了一下。

沈郁舟从办公室里出来，看到乔苏抿唇抹匀口红的动作，鬼使神差般顿住脚步道："你这个颜色有点眼熟。"

"嗯？"乔苏低头看了眼自己的口红，是当下流行的斩男色，地府里的女鬼也经常用。沈郁舟眼熟也正常，毕竟人家可是一个有女朋友的人。

"像猴子的屁股。"

"……"嗯，眼熟什么的，当她没说吧，直男是分不清口红色号的。

不要生气，不跟凡人计较。如是安慰了自己几次，乔苏竟然被自己说服了，踩着下班的铃声欢快地出了门。

陆清昀果然在楼下等着，乔苏下了楼，他朝她挥了挥手。

"你的口红颜色很好看。"陆清昀说。

"谢谢。"对吧，这才是正确的打开方式。

陆清昀带乔苏去了一家私房菜馆，乔苏随意点了几个菜，要了杯柳橙汁，一边喝一边等上菜。

饭菜上来得很快，热气腾腾的，模糊了乔苏半张脸。

"乔小姐，不知道考不考虑跳槽？"陆清昀给她盛了一碗汤，放在她手边，像是怕她会觉得太奇怪，又加了一句，"加入乘风集团，工资可以给你翻倍。"

乔苏努力忽略掉陆清昀灼热的视线："陆总看上我哪里了？"

她当然不能跳槽，她来人间的目的就是沈郁舟。

"只是单纯地觉得乔小姐有能力有才干。"陆清昀退而求其次，"不愿意也没关系，以后有想法了可以随时找我。"

乔苏应了一声。

吃完饭，已经接近七点了。秋天的晚上来得很快，外面已经一片漆黑，街道上亮起了橙黄色路灯。远处的高架桥上灯光闪闪，像夏天晚上的繁星。

"那我先回去了。"乔苏环视一圈，才发现这里已经到了洛河路附近。阎王庙离这里不远，她走几步就到了，连飞都用不上。

陆清昀笑着打开车门，做了个"请"的动作："哪有约女孩子出来吃饭不送她回家的道理？"

真不是很想让你送。当然这话不能告诉他，她说："我家离这里不远，不用送了。你要是觉得心里过不去，就在这儿看着我走吧，我拐个弯就到了。"

看出乔苏的坚持，陆清昀也不想破坏自己在她心里的印象，只好点点头。

乔苏果然拐个弯就不见了。

陆清昀在原地吹了会儿风，一时有些摸不准乔苏的想法。

是他太没有魅力，还是他操之过急了？

应该是后者吧。

05.

"老大,你的天通快递④。"白无常一边喊,一边抱着一堆盒子从门外冲进大殿。他身后跟着的黑无常手里快递也不少,仍旧木着一张脸。

"都是我的?"乔苏一脸惊讶。

白无常从一堆快递里抽出一封小小薄薄的祥云纹路信封给她"不不不,这个是你的。"

"小白你可以啊,这是把'天宝'⑤和'地宝'⑥两个网站都买空了吧?"乔苏简直不敢相信自己看到的,"工资多先去买套房吧,别老赖在地府分配的宿舍里。"

"老大,你认真的吗?小黑也买了你怎么不说他?"白无常感到很委屈。

"你以为我不知道他手里的东西是谁的?"乔苏捏着信往外走。

哼,这爱情的酸臭味。

前不久乔苏给玉帝写了一封关于沈郁舟的信,她实在是摸不准沈郁舟如今的状态是怎么样。作为一个阎王,她是第一次遇到这种棘手的状况。

要是再拖下去，等被玉帝自己发现了，估计她的工资也被扣没了，还不如主动请示一番。

乔苏打开信封，一张泛着白光的纸飘到半空，纸上的字自动显现出来。

一目十行地看完，乔苏大吃一惊。

信上的内容很简单很敷衍，概括下来大概是这三个字：不知情。

这是一件连玉帝也没有办法的事，信上说让她先留在沈郁舟身边，要是看到沈郁舟魂魄有什么异常，就伺机而动。

沈郁舟几乎要成为《天地史》⑦上的一大奇闻了。玉帝当了这么多年的天官，居然对这种情况闻所未闻。作为全人间唯一的一个特例，沈郁舟也是很棒棒的。

乔苏心道，既然没有解决的办法，这就不能怪她消极工作了。

她摸出手机，切换到了人间版本的微博，一刷，刷出了一条沐辰集团官方蓝V号发出的消息——

大型古装神话剧《神行九州》十月十五日上午九点进行群演海选。

地址：首都梅花城天域剧场。

注④：天通快递，天庭指定专用快递，地通同理。
注⑤⑥：天宝、地宝，天庭和地府的两个网络购物软件。
注⑦：《天地史》，记录天庭和地府大型事件的书籍。

Chapter4.
我想潜规则你。没想到你是这样的沈总。

01.

《神行九州》的剧本是首都一位知名编剧写的,乔苏接收完剧本的文档,自己先看了一遍,看完之后,她满脑子就只有"哇,看起来就好有内容的样子"这条弹幕。

打印完剧本,乔苏把纸张整理好订起来,才推开沈郁舟办公室的门。

沈郁舟正在跟人视频,对方似乎是个女人。她进去后,沈郁舟像是刚好跟对方把事情谈完。她随意瞥了一眼,对面果然是个女人。等她走到沈郁舟旁边,沈郁舟这通视频已经打完了。

"看过剧本了?"沈郁舟随手翻了翻,问道。

"看过了。"乔苏刚说完,沈郁舟就把一份文档发到了她的微信上。

沈郁舟说:"看完之后跟我去世纪城。"

回到办公室,乔苏点开那份文档,是《神行九州》的小说全稿。

编剧把剧本写出来后,又花时间延伸出了小说版,内容比剧本要更加细腻。打算在电视剧播出之后,在网站上同步更新。

《神行九州》全稿有六十五万字,内容显然是精修过几遍的,错别字几乎没有。乔苏花了一个上午大概看完。她揉了揉酸涩的眼睛,脑海里仍有剧情在播放。

这部剧一扫其他古装剧的陈烂套路,男主撩人不成反被撩的剧情,真是很有特点,这当然只是九牛一毛。

她一个外行人光看剧本都觉得这部剧会火,更别说其他人了。里面的情节跌宕起伏又新颖,让人有种身临其境的感觉,仿佛跟着里面的人物经历了生死一样。

难怪这部剧是沈郁舟最看重的项目,不枉沐辰为了这部剧耗费的心力,从服装道具到布景再到演员,全部层层把关。

下午,沈郁舟带着乔苏去了一趟世纪城,《神行九州》的拍摄场景就定在这里。

世纪城是个影视基地,这里有不少古色古香的宫殿和民居,一些临时搭建的地方也有模有样经得起推敲。

不远处有个剧组正在拍外景戏,女演员哭得梨花带雨的,导演喊了"CUT"之后,那女演员立即就收住了眼泪,开始跟男演员笑着互掐了,变脸速度之快,让乔苏叹为观止。

地府里没有拍戏这种事情,所以众鬼道的都是凡人拍的剧。乔苏看了一会儿,不免觉得有些新奇,原来电视剧都是这么拍出来的。

"乔苏?"

肩膀被人拍了拍,乔苏转了个身,就看到了陆清昀。

她四处看了看,才发现自己因为看得入神,已经跟沈郁舟隔开了一大段距离。

乔苏道:"陆总。"

陆清昀笑了笑:"嗯,我们也算是朋友了吧?"

乔苏不明所以道:"是啊。"

"那就不要这么见外了,叫我清昀就好。"陆清昀像是怕乔苏拒绝,伸手指了指那边忙碌的剧组,"好看吗?那部剧很快就会出来。"

乔苏果然没纠结称呼的事:"那我到时候一定会看。"

等乔苏追上沈郁舟,沈郁舟已经把场地视察了一遍,正坐在休息区一边喝水,一边跟《神行九州》的导演说话。

看到她来,沈郁舟微微掀了掀眼皮,啜了一口清茶道:"上班时间跟人聊天,消极对待工作,你说我扣你多少工资比较好?"

乔苏立马认错："我知道错了！"

沈郁舟没说话，冲她伸出了手。

"什么意思？"乔苏问。她想了想，把自己的手放在了他的手心里。

"……"沈郁舟拍掉她的手，"剧本给我！"

"哦。"

02.

乔苏最近累得很。

沈郁舟让她去盯着海选现场，而海选时间只有一周，她几乎每天都窝在天域剧场里，不仅要给每个人的表演做笔记，回家后还得整理通过的人员名单，通常要工作到深夜。

她这段时间一度觉得，自己如果真的是个人的话，可能会猝死。

沈郁舟来的时候，乔苏正在打瞌睡。她眼睛蒙眬，打了几个哈欠就趴了下去。面试官眼尖，下意识地要推醒乔苏，沈郁舟摇了摇头，面试官又把手缩了回去。

沈郁舟伸手抽出乔苏面前的笔记本，把上面密密麻麻的字都看了一遍，看到最后，唇边多了一抹笑。

这段文字，开头字迹还是娟秀清晰的，写到一半，乔苏大概是有点困了，字迹便有些歪曲起来，再后面一段，字迹变得潦草敷衍，到最后几个字的时候，已经完全不辨那些字的形状了。

沈郁舟把笔记本放回去，示意其他人继续，自己则坐在了剧场里第一排的观众席上，看着台上试戏的过程。

乔苏这一觉睡到了下午五点，醒来时剧场都空了，吓了她一跳。

沈郁舟坐在她身后没有光照着的观众席上，看到她站起来，活动了一下脖子道："醒了？"

一道声音猛地从身后响起，乔苏又吓了一跳，这时，沈郁舟已经走了过来。

"沈总？"乔苏稳住自己。

她都干了些什么……上班时间睡觉就算了，居然还被上级逮住了。

"走吧。"沈郁舟率先离开。

乔苏连忙拿了本子和笔跟上去："沈总，你不会扣我工资吧？"

沈郁舟："……"

面试时间已经过了，天域外面人也不多，乔苏放弃了提醒沈郁舟走 VIP 通道的想法，亦步亦趋地跟在他身后。

沈郁舟走进一家咖啡厅："等过了海选时间，就给你安排一件轻松的事情。"

乔苏张开手臂，活动了一下筋骨才说："什么事情？"

"去视察。"沈郁舟拎着两杯咖啡走出去，递了一杯给乔苏。

外面起风了,路灯次第亮起,乔苏脚边拖了一条纤细的影子。她捧着杯咖啡,在昏黄的路灯下等着沈郁舟开车过来。

世界开始变得安静。

03.

最近首都下了几天雨,乔苏在长T恤外套了件薄风衣。

去高铉视察的时间定在今天,所以她早起了半个小时。八点左右就到了沐辰等待沈郁舟,不过公司还没开门,从玻璃门里看过去,冷冷清清的。

正发着呆,身边突然停下一辆车,车窗降了下来,露出沈郁舟的半张脸来:"上来。"

他今天穿得很休闲,像只是出门散步一样。酒红色的卫衣配上一条黑色牛仔裤,脚上踩着双最近大热的椰子鞋。头发没怎么打理,有些垂到额头上,乱乱地耷着。不看他开的保时捷,谁也不知道他有钱没钱。

不过,长得好看的人,果然穿什么都好看。

高铉离沐辰有一段距离,旗下门店也多,乔苏跟着沈郁舟七绕八绕,才终于到了高铉公司楼下。楼下早已经有人排成两队在等待了,各部门经理站在最前面,等沈郁舟缓步走过去才跟在他身后。

在公司转了一圈,沈郁舟跟高铉这边的人去了会议室。乔苏闲得无聊,坐在休息区上网。

休息区有台供消遣的电脑,她才登上微信,就被地府群里99+的消息晃得头晕眼花。

点进去一看,群里正在发红包,语音与字幕齐飞,好不热闹。

突然,白无常的红包跳了出来,乔苏点进去,拆了66冥币,一不小心就成了运气王。

这个红包之后,群里顿时鸦雀无声。

没多久,就有人跳出来指证了。

【追梦鬼】:老大,我举报,是小白带的头。

【孟婆】:附议。

【地府守门人】:+1。

【白无常】:不是我,哭唧唧。

【十殿转轮王】:小黑快来管管吧,真是没眼看。

【阎王】:小白继续发,发得好了我就不扣你奖金。

【白无常】:哭唧唧,这跟扣我奖金有什么区别?

【阎王】:你还有小黑养着,怕什么?

【黑无常】:不养。

【白无常】:哭唧唧!

迫于老大的淫威，白无常只能连刷五个红包。乔苏仗着自己网速快连抢了四个，有三个是运气王。

拆开最后一个，屏幕旁边突然多出个脑袋。短而柔软的头发被水晶灯照着，看起来柔滑而有光泽，但这不是重点——乔苏立马把微信页面退掉，身体挡在屏幕面前，冲旁边那人露出一个笑："沈总，开完会了？"

"微信版本升级了？"沈郁舟淡淡地移开视线道。

"啊？"乔苏偷偷地吁了口气，她刚才挡得快，沈郁舟应该没看到收入的是冥币。

她一边挡住屏幕，一边悄悄地退出微信，等清空了数据后才放开那台电脑。

"能在电脑上抢红包？"沈郁舟问。

乔苏发出两声干笑："你试试呗。"

04.

高铉旗下有家大型超市，平时来去的人很多，沈郁舟的最后一个视察地点就定在这里。

乔苏跟在沈郁舟旁边，两人混在人群里，像是平时出来逛超市买菜的情侣一样。呸，应该是姐弟一样。

帅哥果然在哪里都引人注意，很快就有人开始频频偏头往这边看了。

乔苏推了推毫不自知的沈郁舟，压低声音问："沈总，你引起骚乱了。"

沈郁舟看她一眼："在外面叫我的名字。"

"那一开始是谁要我叫他沈总的？"乔苏反问。

"……"

乔苏退一步："好吧，沈郁舟？"

"做什么？"沈郁舟微微偏头。

乔苏若无其事地挥手："没什么，随便喊喊。"

"……"

乔苏又喊："沈郁舟，沈郁舟，沈郁舟。"

沈郁舟岿然不动，懒得再理她。

沈郁舟一连问了导购几个问题，见对方都答上来了，才慢慢往里走。他一边留意哪一片地方人多，一边随手拿起货架上的洗发水看看保质期，确定了没有纰漏才放回去，结果一转身，乔苏人不见了。

超市太大，人又多，一时半会儿沈郁舟还真找不到人，只好摸出手机给她打电话。

"沈郁舟？"一道略显娇媚的女声生生地打断了沈郁舟拨号

的动作。

面前的人只到他胸口，戴着口罩和墨镜，将整张脸都遮住了。沈郁舟一时半会儿没认出对方是谁，吴嘉欣只好摘了墨镜，又拉低了口罩，露出上半张脸。

沈郁舟微微皱了皱眉，像是又想起了之前发生的那一幕。

吴嘉欣像是要买什么，又够不着货架最高那一栏，就算踮着脚也差一点，只好求助沈郁舟道："你能帮我拿一下上面的那瓶护发素吗？"

这不是什么值得拒绝的事情，沈郁舟轻松把东西拿下来给她，转身就要去找人。

吴嘉欣却亦步亦趋地跟在他身后："已经五点了，一起吃个饭吧？"

沈郁舟没说话。正好乔苏已经拿了几盒巧克力，自己找过来了，看到沈郁舟在她离开的这么点时间里，身后就多了个尾巴，简直对他佩服得五体投地。

"沈总，你可以啊……不过我怎么觉得这美女有点眼熟呢？"乔苏走在沈郁舟身边，视线越过他，偷偷去瞥吴嘉欣。她越看，越觉得在哪儿见过。

沈郁舟听到称呼，不着痕迹地皱了皱眉，又看了她一眼："你在想什么？"

乔苏把怀里的巧克力塞给沈郁舟一盒："没想什么，听人说巧克力挺好吃的，送你一盒。"

沈郁舟又把巧克力推回去："我不吃甜的。"

"哦，我忘了。"

05.

从超市出来，吴嘉欣还跟在身边。

乔苏拿手指捅了捅沈郁舟："她要跟你回家吗？然后你们共度春宵？"

她就去买了个零食的工夫，沈郁舟就跟人家进展到这个地步了？

沈郁舟亏就亏在不会骂人，搜肠刮肚组织了半天语言也找不出来几个骂人的词，只能任由乔苏说了一路。最后，乔苏说得渴了，还去附近的小超市买了瓶水。

进了饭店，乔苏才看到吴嘉欣口罩下的脸，她就说怎么有点眼熟。

"你要潜规则她吗？"乔苏坐在沈郁舟旁边，压低嗓子问他。

沈郁舟咬牙切齿："我想潜规则你！"

"没想到你是这样的沈总。"乔苏一边吃一边吐槽。

她那瓶水被她胳膊肘一撞，掉到了桌子底下，她低头去捡，刚好看见吴嘉欣脱了鞋的右脚伸到了沈郁舟脚边,还差一点就要碰到了。

"哇……刺激!"

乔苏捂了一会儿嘴,想了想沈郁舟那副性冷淡的样子,伸手快速地把吴嘉欣左脚跑鞋的鞋带绑在了凳脚上,然后装作什么也没发生的样子把自己的脚挡在了沈郁舟的脚前边。

吴嘉欣感觉到脚尖的触觉,紧接着又蹭了蹭,沈郁舟面上却没有什么变化,甚至看也没看她,这有点奇怪。她一低头,发现自己蹭的是乔苏。

乔苏穿着鞋子学着她的样子笑眯眯地蹭回去:"吴小姐,你不介意吧?"

吴嘉欣一口银牙都快咬碎了,恨声道:"不介意!"

"怎么了?"沈郁舟蹙着眉问。

乔苏笑着摆手:"没事。"

吴嘉欣紧紧抿着唇,她现在不能拆穿乔苏,憋着一口气再也不想坐在乔苏对面,猛地起身一迈步,左脚连着凳子整个扑到了桌面上。

肯定是她!吴嘉欣狠狠瞪了乔苏一眼,只觉得胸中一股浊气乱窜,一秒钟也不想再在这里待下去,于是解开鞋带头也不回地走了。

沈郁舟莫名其妙:"你对她做了什么?"

"你干吗用这种眼神看着我?相信我,我是为了你好。"乔苏顺手往沈郁舟碗里夹了一块水煮牛肉片,她语气慈祥,神情柔软,仿佛一个全心全意为孩子着想的老祖母。

沈郁舟:"……"

Chapter5.
作为一个神仙,他却以为她只是讲故事。
愚蠢的人类啊!

01.

震惊!沈郁舟吴嘉欣疑似同居!

沈郁舟吴嘉欣恋情曝光

沈郁舟吴嘉欣

乔苏接到公关部打来的电话时,正在地府群里摸鱼。

"小苏姐不好了!"公关部的小吴着急慌慌地道,"总裁上热搜了,我们这边已经压下去一些了,你快去微博看看吧!"

乔苏"嗯"了一声打开电脑上的微博图标,挂在榜上前三的赫然都是沈郁舟。

一名博主发布了沈郁舟和吴嘉欣逛超市买日化用品,逛完超市又一起进入饭店的长图。有这些图片为证,热搜话题就显得名正言顺了。

爆出这件事的博主写道:超市偶遇沈郁舟和吴嘉欣,两人在洗护区选购商品,举止十分密切,疑似正在热恋中。

乔苏看了一遍,却发现这博主说的句句都是大瞎话。她当时明明也在场,拍照的人却故意绕过了她。

"总裁以往都不在意这些,我们也不知道拦还是不拦。"小吴说的是以前沈郁舟和许苔的事,怕乔苏不理解,还特意跟她解释了一通,"以前总裁也和许苔小姐闹过几次绯闻,但是总裁也并没有出面澄清,还让我们别插手,所以……"

"我知道了,这件事我来跟沈总说吧。"乔苏道。

"谢谢小苏姐。"小吴千恩万谢地挂掉电话。

乔苏又滑动鼠标刷了刷图文下面的评论,随手点进一个刷了"祝99"的吃瓜群众主页,她一眼发现这人根本没什么粉丝,就连微博也没发过。一连看了几个,都是这样的情况。

评论里的这些人,有大半是水军。

最重要的当然不是这个,而是吴嘉欣并没有否认,反而给这几条热搜点了赞,这种行为就等于是默认了这件事。

乔苏往下翻还刷到一条评论,看到内容,她手下动作突然顿了顿——

沈郁舟不是和花旦之一的许苔在一起的吗?这么久两人虽然

没有互动，但是关系那么好，时常一起吃饭什么的，谁也没再闹过绯闻，难道沈郁舟出轨了？

乔苏愣神间，沈郁舟的外卖到了。

沈郁舟正在看文件，听到声音微微掀了掀眼皮，示意她把外卖放到旁边。

过了一会儿，乔苏还没走。

沈郁舟终于抬起头，将文件合上，他一眼瞥到乔苏不太好看的脸色："怎么了？"

乔苏没说话，把手机上的微博界面给他看。

沈郁舟睨了一眼，原本没什么表情的脸上似乎多了几分阴沉，如同未洇开的墨。

"公关部不会处理？"沈郁舟淡淡收回视线。

"之前你默许了和许苕的几次绯闻，所以他们不知道该怎么办。"乔苏又想起一件事，"你上回那个蛋糕就是给她买的？"

沈郁舟像是记起了那一次的事，眉心抽了抽，半晌才道："这件事交给你处理。"

02.

乔苏的地府群里有个叫技术鬼的新鬼，最近才到地府报到，没想到这么快就派上用场了。

收到技术鬼发来的地址，乔苏立即收拾东西就找了过去。

彼时吴嘉欣正因为和沈郁舟搭上了关系，和一家公司签下了一个代言合同，又接到了一部网剧的女主演一角，忙得脚不沾地，傍晚时分才回到家。

吴嘉欣出了电梯，远远看见自家门前倚着一个人，心里"咯噔"一下，愣在了原地。她刚想转身去按下去的电梯，乔苏就已经走了过来。脚步声在空旷的楼梯间显得格外清晰，"嗒嗒嗒"一下一下，像是敲在她心尖上。

"吴小姐，不请我进去喝杯茶？"乔苏腿长，几步就走到了她面前，扬起一抹微笑。

吴嘉欣没办法，只好黑着脸把人迎进了屋里。

"吴小姐，微博热搜，是你干的吧？"乔苏也不在意吴嘉欣的脸色，开门见山。

"你什么意思？"吴嘉欣精致小巧的脸上露出不可置信的神色。

乔苏瞥了她一眼，心道：装，接着装！

"你怀疑热搜是我放出去的吗？"吴嘉欣说完，猝不及防地对上乔苏的眼睛，她顿时心一慌，不自觉地转开了视线。

"爆料的是一个微博小号，我们查出来这个小号用的 ID 和一个叫程苟的记者微博号的 ID 一模一样。"乔苏抠了抠自己光滑的指甲，抠掉了一层粉红色的甲油。

"那又怎么样？跟我有什么关系？"吴嘉欣几乎要气笑了，她坐也坐不住，站起来似乎很激动的样子，在原地走了一圈又一圈，"乔苏你什么意思？怀疑是我指使程苟做的？"

"就猜到你要这么说，所以你先听一听这段话。"乔苏打开微信，点开白无常的对话框，里面有白无常半个小时前发过来的几段语音，她打开最上面的那一条，程苟的声音突然传了出来。

"不是我做的！是吴嘉欣！是她让我做的！"

"水军是她买的，热搜也是她买的，跟我没关系！她让我等在超市，让我拍下她和沈郁舟的照片，想要借这个机会让人误会她和沈郁舟有不清不楚的关系，以此在圈里出人头地……真不是我！"

"她给了我三万块钱，要不是为了钱我也不会干这种事情……"

"我对不起沈总。"

语音从第一条自动播放到最后一条，吴嘉欣的脸色也越来越难看，抹了浅色腮红的脸依旧能看出来隐隐有些发白。

"你……你竟然……"吴嘉欣有些站不住，浑身发抖，盯着乔苏，"这是污蔑！"

乔苏把手机收回了兜里："好，那你点赞怎么说？手滑？"

"就算是我故意的又怎么样？沈郁舟已经是总裁了，对他来说这点绯闻算什么？他和许苕也闹过绯闻，怎么不见有人找许苕？"吴嘉欣突然笑出声，笑容在客厅的白炽灯下有些狰狞，"我只是借他的名气接几部戏而已，圈里谁不是这样？逮住机会就赶紧往上爬。"

"对，你没有做错。但是你这种行为已经对沈郁舟的名誉造成了影响，如果你再不澄清的话，沐辰这边会出示声明，再附带一份律师函，到时候再见面……"

话不用说得太满，道理谁都懂。

乔苏走到门口，手扶在门把手上轻轻一拧，像是想到了什么，她又转身："哦，对了，我们有人在程苕那儿，就算你不澄清……"

走到楼下时，天已经完全黑了。

深秋的晚上风有些凉，霓虹灯闪烁着的半空五彩斑斓，乔苏看了一会儿，踏着车鸣声回了家。

03.

第二天一早，公关部又打来电话，说绯闻的事已经解决了。

乔苏上网一看，果然看到了吴嘉欣的澄清声明。

事情告一段落，乔苏想着吴嘉欣应该也得到了教训，就没让程苟出来指控。毕竟一个混娱乐圈的人，爆出这种事情，实在不好，谁都不容易。

然而这件事，却如一根刺般，深深地扎进了吴嘉欣心里，永远也不可能翻篇。

天空阴沉沉的，乌云低低地压了下来。

乔苏解决完一件大事，心情丝毫不受环境影响，反倒是和她一起走出公司大楼的几个人苦着脸："要下雨了，我没带伞怎么办？"

也是，今天出门前天空还露出过明亮的阳光，所以大多数人没带伞，谁知这天说变就变，一群人都滞留在大楼下的走廊上。

乔苏仰头望了望阴云密布的天，嘴角一抽，心道：要完。

果然，下一秒，原本只布满了乌云的天空隐隐泛起了白。然后，一道闪电划破天际，映得整栋大楼惨白惨白的。随即雷声接踵而至，轰隆隆折磨着众人的耳膜。

几轮打雷闪电下来，天空飘起了雨，随后雨越下越大，雨滴猛地砸在地上，发出一阵接一阵的低沉响声。

乔苏身边的一对情侣突然手牵手冲进雨里，踩着雨水欢快地跑了，她盯着跑远了的两人一阵叹息。正在这时，西装革履、面容严肃的沈郁舟走了过来。

乔苏看着沈郁舟,突然问道"沈总,你知道为什么会下雨吗?"

沈郁舟脸上露出奇怪之色,又见乔苏一双发亮的眼睛,还是配合地道:"为什么?"

乔苏说:"因为龙王哭了啊!"

沈郁舟问:"龙王为什么会哭?"

"零花钱被老婆没收了呗!"

沈郁舟决定无视乔苏,继续思考怎么解决员工回家的问题。

乔苏却有点闲不下来,云隙间还有闪电过后的白光,沉闷的雷声砸下来,引得旁边的人发出一道惊呼。她又问:"沈总,那你知道为什么会打雷闪电吗?"

沈郁舟转了个身。

并不是很想知道。

"因为雷公电母又为儿子犯错而吵架了啊!"

"……"

沈郁舟沉默了一阵,就在乔苏以为他又不会回答时,他开口了:"雷公电母的儿子是谁?"

乔苏回答:"雷震子啊。"

像是忍无可忍一般,沈郁舟转过身,正对着乔苏。虽然他面无表情,乔苏却莫名感觉到了他的严肃。

他道:"这只是常见的自然现象,你以后少看点神话故事。"

故事?她说得这么正经,沈郁舟却以为她在讲故事?作为一个神仙,她还能说什么?

哦,有一句——

愚蠢的人类啊!

04.

沈郁舟回到公寓以后,洗洗手开始做饭。

他最近一段时间因为忙没回沈宅,都住在了洛河路这边的公寓里,里面的东西该添的也都添好了,现在住起来很方便。

不粘锅里的油热了,开始噼里啪啦作响,却还是盖不住窗外闷雷的声音。

沈郁舟翻动手里的木铲,动作有些笨拙。雷声还在响,他听着油和青菜叶子上的水滴混在一起溅出来的声音,莫名觉得自己不是在炒菜,而是在炒雷。

"你知道为什么会打雷闪电吗?"

"因为雷公电母又为儿子犯错而吵架了。"

真是有毒。

沈郁舟一把丢了木铲,关掉火,点外卖。

他在订餐软件上搜着饭店,然后莫名其妙就点进了百度。等

回过神来,搜索的东西就已经跳了出来:

为什么会下雨?

为什么会打雷闪电?

雷公电母有儿子吗?

呃……真是神经病啊!

乔苏发现今天的沈郁舟很奇怪,不仅上班迟到了十分钟,而且仪容仪表也不像之前那样一丝不苟、端正严肃。

这不像他!

不止乔苏,全公司的人都惊呆了!

沈郁舟上班从不迟到,也永远是一身整洁的西装,一头梳得服服帖帖的短发,哪里见过他这个样子?

办公室的窗帘没放下来,乔苏透过玻璃能看到沈郁舟略显凌乱的头发,衬衫袖口处没扣好扣子露出了他白皙漂亮的手腕。

沈郁舟对着电脑没开的黑屏,定定地看着上面自己的影子,有些头疼地揉了揉两边的太阳穴。他真是被乔苏荼毒了,竟然搜那些无聊的鬼神之说搜到半夜。

乔苏发给沈郁舟的报表一直没被他接收,忍不住有点担心,送饮料进去的间隙发现他的电脑都没开,终于忍不住询问道:"沈总,你昨晚没睡好?"

沈郁舟短时间内不太想跟她说话,他背对着乔苏摆了摆手"你出去。"说完,他就按下了主机的开机按钮。

总裁果然是总裁,带着睡态也要认真工作。

乔苏有一瞬间觉得自己全身都充满了动力。

05.

乔苏被沈郁舟安排出了一趟差,去了临海的齐云市一家制衣厂检查《神行九州》的服装成品。

齐云市离首都远,她赶到这边时,天已经黑了,就去了提前订好的酒店。

乔苏觉得,她之所以被派出来可能是因为自己那天太闲了。

一天前的这个时候,首都终于转晴了。

乔苏看了眼天空,太阳是浅浅的金色,看起来很温暖。她一边整理着沈郁舟开会要用的文件,一边感慨:"看这太阳的颜色,估计是太阳神还没睡醒。"

沈郁舟刚好路过她身边,听罢眉头就是一跳,仿佛前几天不好的记忆又涌现出来,他忍不住提高了声音道:"太阳是由星际云形成的!"

过了一会儿,沈郁舟要去会议室,又走了出来,刚好又瞥到乔苏电脑屏幕上的聊天记录。

依旧是那个地府群,里面所有人的昵称都是地府神职的名称,就连对话也充满了一股子奇怪的味道。

【一殿楚江王】:司命星君的女儿快要满月了,要在天宫办宴席,你们觉得送什么礼物最为合适?
【阎王】:我殿内最值钱的应该是那颗夜明珠了。
【二殿楚江王】:五妹万不可送夜明珠这种阴气重的东西。
【六殿卞城王】:若不然去西海找龙王讨一株珊瑚?
【四殿五官王】:婴儿喜欢什么?买只拨浪鼓?
【阎王】:谁要你的拨浪鼓……

"司命星君"应该也是他们某个朋友的昵称吧?
"天宫"指的应该是某个特定的、他们常去的地方吧?
沈郁舟觉得自己真不能再看下去了,他甚至有点怀疑自己对科学的理解是错误的!已经 21 世纪了,竟还有人迷信这些?刚好制衣厂发来了几套衣服的样图,他要保证衣服的精细度,干脆就让乔苏去了。

乔苏一走,果然耳边就静了下来,没有人再说什么鬼神。他安安心心地处理完工作,偶尔抬头,看到乔苏空空的办公室。

墙壁上的时钟秒针走动的声音仿佛被放大,一下一下清晰无比。突然,"铛——"的一声,下午两点整了,该喝咖啡了。

沈郁舟摸出手机，没收到任何信息，反而看到乔苏晒在朋友圈里的一张图片。

那是一株形状奇特、浑身浅红的珊瑚。

齐云市靠海，有珊瑚也很正常。乔苏的这一株颜色好，又没有什么残缺，上面还布着漂亮的纹路，看样子应该不便宜。

看了一会儿，沈郁舟猛地反应过来，把手机关掉，心想，他关心这些做什么？

沈郁舟想了想，又把手机打开，"口嫌体正直"地找到乔苏，发了一段话道：我让你出差，你在干什么？

过了一会儿，乔苏发了个视频通话过来，她确实是在制衣厂里，那株珊瑚是她昨晚就从龙王那儿拿过来的。

"你手里拿的什么？"沈郁舟问。

乔苏扬了扬手："巧克力，你又不吃甜的。"

沈郁舟办公室的门被敲响，乔苏听见声音道："那沈总，我继续监督了，再见。"说完，就把电话挂了。

沈郁舟看着灰下去的屏幕，慢慢又恢复成面无表情。

Chapter6.
说出来你可能不信,我住在阎王庙里。

01.

乔苏没想到在齐云市还能遇到熟人,她盯着不远处那个黑色背影,想了几秒钟才走上前去:"陆总?好巧。"

陆清昀手里还拿着一件刚好做成的样衣,闻言回头,也是吃了一惊:"乔苏?"他今天没戴眼镜,整个人看起来少了些书生气,五官反而更加立体,也更好看。

原来陆清昀几天前就到了齐云市。齐云市有个影视基地,他们公司定下的一部校园剧在这边准备开机了,他是顺便来制衣厂看看,没想到,还碰到了乔苏。

制衣厂的员工中午休息时,两人去了一趟咖啡厅。

这边的咖啡厅装修得都很有感觉,中午时里面人并不很多,两人选了个靠窗的位置坐好,陆清昀问乔苏:"喝点什么?"

乔苏在地府没喝过咖啡，在办公室给沈郁舟泡的时候，闻到那股淡淡的苦味就觉得口里涩得慌，所以对咖啡理解不深，随口道："你看着点吧。"

陆清昀点点头，跟旁边的服务员低低地说了句："一杯美式，一杯卡布奇诺。"

自从那次在世纪城见过一面后，陆清昀就一直没见过乔苏，他去过沐辰几次，但他每次去的时候，乔苏都不在，他简直要怀疑沈郁舟是不是故意的了。

咖啡被端上来，乔苏盯着上面那颗被巧克力粉围着的白色爱心，愣了一下。她看了眼陆清昀那杯，上面什么也没有。

心情复杂。

服务员送了一份点心来，陆清昀一手拿刀一手握叉，切了一块放进乔苏的碟子里："这家的焦糖肉桂面包很好吃，尝尝看。"

这样亲密的动作陆清昀好似做得毫无压力，乔苏盯着那块冒着香气的面包，吃也不是不吃也不是，心想陆总是不是太自来熟了？

见乔苏迟迟没有动作，陆清昀也觉得自己似乎太心急了，于是抿了口咖啡才道："什么时候回去？"

"明天。"乔苏也抿了一口，很苦，不是她喜欢的味道。

陆清昀还没说话，身边一道娇媚的声音插了进来道："陆总？

今天走了什么运才在这里见到了你？"

这声音耳熟到乔苏嘴角一抽，心里直感叹真是孽缘。

吴嘉欣走过来，还没和陆清昀攀谈几句，目光一转，落在了乔苏身上，明媚的笑容顿时僵在了嘴角。

陆清昀不认识吴嘉欣，只觉得有点眼熟，他微眯了眯眼睛："你是？"

吴嘉欣登时有些尴尬，但她还是努力提起嘴角："我叫吴嘉欣，只是一个小演员，仰慕您很久了，看见您也在，就过来打个招呼。"

"吴嘉欣？前段时间和沈郁舟闹绯闻的那个？"陆清昀突然嗤笑了一声，没再说话了。

吴嘉欣站在旁边，一时不知道怎么接话，尤其旁边还有个乔苏，让她觉得自己的出现十分可笑。

气氛顿时有些尴尬，乔苏还是给了她一个台阶下："吴小姐，要一起喝杯咖啡吗？"

吴嘉欣看她一眼，笑意不达眼底："好啊。"

陆清昀看两人似乎有话要说，于是借故去了趟卫生间。

"你真是阴魂不散。"吴嘉欣捋了捋垂下来的长发，冷声道。

乔苏面无表情地喝了口咖啡："彼此彼此。"

这时服务员正好过来给吴嘉欣送咖啡，吴嘉欣坐在外侧，脚悄悄一伸，服务员被绊了一下，手里的咖啡猛地泼出来。

乔苏反应快，立即站起身，才没被泼到脸。眼看衣服要遭殃，突然眼前一黑，咖啡悉数落在了陆清昀的外套上。

服务员在旁边急急忙忙地道歉，收拾完残渣又擦了桌子。

陆清昀挥了挥手，低头柔声问道："没事吧？"

乔苏摇摇头："你的衣服……"

"没事，我们走吧。"陆清昀把衣服弄脏的那面朝里卷起，直接拎在了手里。

走之前，陆清昀回头，剜了吴嘉欣一眼。

他眼睛里的凉意，像要渗进人骨子里，冻得吴嘉欣不敢再动。

02.

乔苏是第二天十点钟的飞机回去，下午三点到首都，陆清昀送她去的机场。

这两天也不算没有收获，陆清昀盯着手上的那几盒巧克力想。

事情要从昨天出了咖啡厅说起——

两人出了咖啡厅之后找了一家干洗店，但是陆清昀的外套是某大品牌的奢侈品，材质上佳，干洗店的人怕洗坏，不敢收。

乔苏心里有些不好意思，毕竟这件衣服是因为自己才变成这样的。她偷偷搜了一下这件西装的价格，打算买一件还给他，结果一搜出来，不仅贵得吓人，而且还是限量版！

乔苏当时心里只剩下无数串乱码！

陆清昀淡淡一笑："只是一件衣服而已，不必在意。"

"那怎么行……"毕竟那么贵。

陆清昀说："要是实在过意不去，你就送我一件礼物怎么样？"

乔苏果然同意了："你想要什么？"

陆清昀想了想，道："看你经常吃巧克力，送我一盒怎么样？"

乔苏想也没想，当晚就去超市选了几盒最贵的巧克力送过去了。

陆清昀撕开一颗巧克力的金纸包装，塞进嘴里，是云呢拿的味道，可惜她不懂巧克力的寓意。算了，他懂就可以了。

他从来不知道自己会这么容易满足，几盒巧克力而已，却让他视如珍宝。

只因为，送巧克力的人，是乔苏。

03.

今天沈郁舟一反常态，下午四点就收拾东西准备下班了。

片刻后，乔苏盯着外套穿好了、公文包也拎好了的沈郁舟，一脸奇怪："沈总？"

沈郁舟路过她，留下一句话："好好工作。"

乔苏:"……"

沈郁舟开车到华夏小学的时候,时间还早,学校刚打完下课铃。

优美的钢琴曲在耳边环绕着,没多久,小学生们就蜂拥而出,成群结队地向校门口走来。

沈希林夹杂在人群里,一眼就看到了站立在家长堆里的沈郁舟。

沈希林凑过去讨好道:"哥。"

"嗯。"沈郁舟面无表情地带着他往停车位走,走了没几步,阴暗的天空突然刮起风来。

最近雨天聚集,气温也降了几度,沈郁舟看了一眼沈希林的穿着,确定他穿得保暖,才不着痕迹地移开视线。

车刚退到马路边上,随之而来的雨水滴滴答答地落在地面,沉闷闷的风裹挟着深秋的冷漠吹起已经干枯的叶子,在他们的前方滚了几滚,落在湿润的地面上。

沈郁舟的手搭在方向盘上,目视前方。

沈希林在沈郁舟面前不敢造次,低头拽过安全带自己扣好。

"你知道为什么会下雨吗?"沈郁舟突然问道。

沈希林呆了一呆,下意识地以为沈郁舟在考他自然科学,手指不自觉地绞在一起绕圈圈。

说起来有些不好意思,他虽然有个当总裁而且智商非常高的哥哥，自己却是个不折不扣的学渣。

等不到回复，沈郁舟扭过头看了沈希林一眼，沈希林顿时浑身僵直。

太可怕了！学习真是太可怕了！哥哥真是太可怕了！

沈郁舟略带责备地看着他："因为龙王哭了。"

沈希林满脸震惊地看着他。

说完，沈郁舟自己也愣了一下，好一会儿才反应过来自己刚才说了什么，脸色突然变得难看。

什么龙王不龙王的！沈郁舟伸手扶住额头，说起来都觉得滑稽，他真是中了乔苏的毒。

沈郁舟默默给乔苏记了一笔。

乔苏连连打了三个喷嚏。她皱着眉搓了搓自己的鼻子，喃喃道："怎么回事？感冒了？"

说完，她又猛地拍了拍自己的脑袋，想什么呢？不就是打了个喷嚏嘛，瞧把你给矫情的！

04.

这一天，乔苏休息，原本计划是要在地府里休养生息的，但架不住音乐会的诱惑，还是从床上爬了起来，磕磕绊绊地等在一家商场楼下。

几天前,陆清昀从齐云市回了首都,给她发消息,问她周末要不要一起去听音乐会。

托了一个朋友,赶在乐队即将离开首都的前一天拿到了两张票,陆清昀要拿来约会用。

乔苏没什么风雅细胞,地府里偶尔组织的歌会也是白无常在上面乱号一气,辣眼睛又辣耳朵,从此她就对这种活动无感了。

为此乔苏特意上了人间的网搜了搜音乐会视频,确认了和地府的天差地别后才同意。

陆清昀开车到商场楼下接乔苏,带她去中央剧院。

他的车车身上贴着一条腾飞的黑龙,很是张扬霸气,跟他书生气的外表不是很相符。

剧院内最中央是一个正方形大舞台,观众席在舞台正对面,呈圆弧形散开。来的人很多,座无虚席,一阵嘈杂过后,就是默契的安静。

乔苏和陆清昀的座位在最前排,能把台上人的表情神态看得清清楚楚。

感觉真是棒。

乔苏刚要坐下,突然发觉自己右侧的位置上来了一个人,挺拔的影子罩在她身上。她抬头一看,瞬间惊呆:"沈总?"

沈郁舟也像是惊到了，有种"怎么哪儿都能看到你"的感觉。后排的人催他坐下，他才回神坐好，脸上的神情自始至终都透露着一丝复杂。

沈希林觉得他哥哥有些奇怪，于是在他身后探出一个头。

乔苏将视线移到沈希林身上，顿时惊呆了！这这这……这是谁？简直就是沈郁舟的缩小版啊！

小孩子长得白白净净，五官和沈郁舟几乎是从一个模子里刻出来的一样，该不会……是他儿子吧？

乔苏觉得自己猜得八九不离十，忍不住双手捂嘴。

沈郁舟居然一眼就看穿了乔苏的想法，他脸色微沉，伸出一只手，大掌摁住沈希林的脑袋迫使他坐下来。

陆清昀也觉得这事真巧，早知道就跟乔苏换个位置了，但事到如今，再换就显得他居心叵测了。他提起一边嘴角，淡淡道："沈总，真巧。"

他们中间还隔着乔苏，沈郁舟淡淡地瞥过去一眼，不太巧。

音乐会过半，台上表演的人又换了一位。

悠扬的小提琴琴音倾泻下来，如同泉水般洗涤过人繁复喧嚣的心境。

一曲终了，席上掌声如雷。

沈郁舟无声地睨了沈希林一眼。

沈希林抬起手臂挡住自己的脸。他知道哥哥是什么意思——你看看人家，再看看你。

弟生艰难。

05.

"沈总，沈总？"乔苏听了一会儿，闲不住地戳戳沈郁舟的手臂。

"……"

"沈总，理理我呀。"乔苏说。

沈郁舟面无表情地看她一眼，眼神里含满了无声的谴责，像是在责怪她不该在这种时候开小差。

见乔苏视线控制不住地往沈希林脸上瞄，沈郁舟深吸一口气，低声道："弟弟。"

"啊？喊我干什么？"沈希林之前被沈郁舟一盯，本来就有些坐立难安，注意力高度集中，被这么一喊，立即坐得更直，还不忘应他一声。

而且以前哥哥叫他要么只用"你"，要么就连名带姓地喊"沈希林"，这下突然喊出一句"弟弟"，让他顿时感觉后背发麻，凉风一阵一阵地吹。

乔苏"噢"了一声，几乎要为自己的无知而羞愧欲死。

散场之后,沈郁舟带着沈希林去了剧院旁的一家热饮店,要了一杯牛奶、两杯珍珠茶。

沈郁舟一个眼神过来,沈希林自觉地端了那杯牛奶。

沈希林瞄了瞄沈郁舟手里的两杯珍珠茶,半晌,咬着吸管吸了一口热牛奶。

沈郁舟买完饮料,刚好看到乔苏和陆清昀一起从剧场里走出来,两人像是说到了什么好笑的话题,她笑得眼睛都弯了起来。

晚上风大,吹得乔苏的长发在风中飘舞,像黑夜里的精灵。

没多久,乔苏就坐上了陆清昀的车,两人一同消失在了道路的拐弯处。

沈希林拉了拉沈郁舟的手:"哥哥?"

沈郁舟把其中一杯珍珠茶塞进他手里:"喝。"

乔苏其实是想飞回去的,但陆清昀以她一个女孩子在晚上行走不安全为由,非把她送到了阎王庙附近。乔苏望了望天,叹了口气:凡人果然热情。

"好了,陆总,就是这里。"

陆清昀看了眼周围:"你住在阎王庙里?"

他本意只是调侃一句,没想到乔苏应道:"是啊。"

陆清昀笑着摇摇头,以为她也只是在跟自己开玩笑。

阎王庙被定时来庙里打扫的僧人清扫了一遍，看起来干净又整洁，至少那尊阎王塑像上蒙着的灰尘不见了，显得更加庄严肃穆。

乔苏走进大殿，一闪身，将自己整个儿撞进那尊塑像里，进了地府。

Chapter7.
乔苏,你可能是个缺心眼。

01.

这个时候的首都,湿冷湿冷的。乔苏在地毯上蹭干鞋子上的水,一转眼,对上沈希林乌黑有神的大眼睛。

"嗨!"乔苏道。

沈希林飞快地回头看一眼沈郁舟的办公室,确认沈郁舟没出来之后,才咧嘴笑:"你好,我叫沈希林。"

他语调上扬,显然一副心情很好的样子。笑起来露出两颗洁白的小虎牙,可爱得不得了,跟满脸严肃、时常绷着脸的沈郁舟形成了强烈的对比。

这真是一种很奇妙的感觉,像是看到了小时候的沈郁舟。

乔苏伸手摸了摸沈希林的头,头发软软的,在头顶灯光的照射下还泛着一层浅金色的光泽。

"我叫乔苏,你可以叫我小苏姐。"

沈郁舟慢慢从办公室里走出来,将乔苏全身上下打量了一遍,最后目光落在她微微湿润的长发上,他本能地想说点什么,话却卡在嗓子眼,怎么也说不出来。

一看到沈郁舟,沈希林连忙收起笑,立正站好。

沈郁舟:"……"

他转向乔苏道:"他平时住学校,每周回一次家,最近因为保姆有事请假,所以我把他带过来了。"

乔苏盯着因为沈郁舟出现而变得十分乖巧的沈希林:"哦,可怜巴巴。"

沈希林小幅度地点点头,完全同意这个说法。

事实证明,沈郁舟是真的不会带孩子。

沈希林前一秒还在沈郁舟办公室里写作业,后一秒就被连人带作业全部丢出来了。

办公室门被打开了一点,里面传来沈郁舟有些气闷的声音"乔苏,他的作业你来指导。"

沈希林抱着作业,等门彻底关上之后,飞快地跑到了乔苏的办公室:"小苏姐,你快看你快看,哥哥说我写错了。"

乔苏闻言,低头看了眼沈希林那本练习册。他字写得还算清楚,但能从纸张的磨损程度和铅笔印出的字迹看出来,答案已经改过好几遍了。

这道题目是要把一个句子改为拟人句，原句是"小鸟在树上叫"，沈希林如是写道——

小鸟在树上叫："我是人呀！我是人呀！"

乔苏："……"

嗯，她算是明白为什么沈希林会被赶出来了。

02.

沈郁舟出来时，只看到忘我的沈希林在跟乔苏说着什么，隔着一层玻璃，听不真切。

他走近了一点，刻意没有发出声音，想听听沈希林说话的内容。

沈希林说得正高兴，完全没发现沈郁舟已经到了身后，指着书上一道题对乔苏说："小苏姐你看，这道题，我觉得出题的人脑子有问题。"

沈郁舟视线下移，落在他手里拿着的课外书上，粗略看了一眼，是一道课外延伸题——为什么喝酒时要碰杯？

"他居然教小孩子喝酒！"沈希林兴趣高涨。

过了一会儿，他又说："我哥哥制作的电视剧里，古人都流行在酒里下毒。所以就开始碰杯，拿酒杯用力一碰，酒花溅到别人杯子里，要死就大家一块死！难怪碰杯的英文叫'去死'，汉语也叫'走一个'……"

乔苏已经完全被他带偏了，竟然觉得他的话很有道理，于是跟着点点头。

沈郁舟："……"

他开始有点后悔让他们两个待在一起了，都是些缺心眼的！

沈希林还是头一次遇到跟自己想法同步的人，于是兴致勃勃地想翻开练习册继续讲，那本练习册却被横空出现的一只大手抽走，随即他脑袋上就被重重地敲了一下，顿时噤声。

"少看点电视剧。"沈郁舟把练习册丢开，不轻不淡道。

"那是你拍的。"沈希林气弱。

沈郁舟盯着乔苏："本来就傻，现在更傻了。"

乔苏同样气弱："他是你弟弟。"

沈希林晚上还有小提琴的培训课，下午三点就被送走了。

临走前，他和乔苏依依惜别。哥哥的眼刀子往他身上甩，仿若实质，刺得他浑身难受。

03.

这一天一早，沐辰一楼大堂里围满了人，乔苏提着热腾腾的早餐，经过大堂时还有点状况之外。

因为这些人不仅长得好看，一个个还打扮得光鲜亮丽、花枝招展，甚至有好几个是她在微博上经常刷到过的流量小生。

乔苏看了眼手机上的日期，懂了。

今天是《神行九州》正式选角的日子。

来选角的不止当初那些过了海选的有一颗向往成名的人，还有不少已经成名的艺人。这些艺人可以不参与海选，但也需要进行选角。

乔苏拎着早餐穿过人群，在电梯旁发现了正在跟人视频通话的陆清安。陆清安也看到了她，笑着朝她挥了挥手。

"清安姐来试女主的戏吗？"乔苏瞥了眼她的手机屏幕，看到了小树苗，他一双炯炯有神的大眼睛仿佛亮着光。

小树苗看到她，一边笑着一边伸手想要抓，却怎么也抓不到，急得眼眶都红了，逗得乔苏不能自已。

陆清安又跟视频那头说了几句话，才挂掉电话："不是呢，我来试男主的师姐。"

陆清安年纪轻轻，人温柔、不骄不躁，跟一些拼了命也要出头的艺人不一样，简直就是娱乐圈里一股清流。

乔苏对她很有好感，原本还要聊几句，结果瞥到手机上的时间，还差三分钟就要上班了。她连忙按了电梯道："清安姐，祝你成功。"

乔苏奔到办公室才发现，沈郁舟前一晚开着的窗户今早居然关上了,难道他来了?

还来得这么早?

想着,乔苏打开打包盒的塑料盖,一边吃饺子一边留意着里面的动静。

没过多久,门开了,从里面走出一个男人,身材高挑,面容俊秀,戴着金丝边眼镜。

乔苏往嘴里塞饺子的动作顿了一下:"陆总?"

陆清昀来沐辰好几次了,今天还是第一次在这里看到乔苏,也算是一个小惊喜了。

"我们是不是朋友?"陆清昀没应,反而问道。

这话莫名有些耳熟,乔苏想了想,懂了:"好的,清昀。"

这时,从办公室里传出一道略显低沉、不辨喜怒的声音:"乔苏。"

"沈总,我在。"乔苏连忙应道。

沈郁舟道:"你去三楼会议厅。"

乔苏咽下最后一个饺子:"好的。"

04.

三楼会议厅是艺人前来试戏的地方,另外还有间休息室,供其他人做准备。

乔苏走到会议厅时，试戏环节已经开始了。陆清安刚好从里面走出来，看样子是已经试完了，看她微笑的样子，应该是很有把握。也是，毕竟人家是影后。

排队的人手里都拿着各色的小球，球身上印着一个数字，这就是试戏的先后顺序了。

跟陆清安打完招呼，乔苏推门走了进去，一位女艺人正声泪俱下地念着台词，完全没有被她的出现影响。

几个面试官互看了看，点点头，随即在名单上那女艺人的名字后面打上了钩。

《神行九州》的导演也在，之前乔苏见过他一面，从善如流地打了个招呼后，她找了张椅子坐好。

乔苏聚精会神地看了一阵，腹部突然传来一阵尖锐的绞痛。她苦着脸，心道："肯定是那家店的饺子不卫生。"

乔苏从卫生间出来，发现洗手台前站着个人，像是在补妆。她背影娇弱，亚麻色长发垂在背后，听见声音，慢慢转过身来。看清了乔苏的脸后，涂抹眼影的手明显顿了一顿。

吴嘉欣收好眼影盘放回自己包里，右手手指绕着胸前一丝长发打转："真是哪里都有你。"

"真是不好意思，我也不是很想见到你。"乔苏面无表情地拧开水龙头。

吴嘉欣紧接着在她旁边也开了个水龙头。

水流声"哗啦啦"地响着,吴嘉欣洗完,甩了甩双手,带起一串水花,溅在乔苏浅蓝色的衬衫上,顿时洇染出一大块水渍。

沐辰室内开着暖气,乔苏就把外套丢在了会议室,现在估计要带着一身水回去了。

吴嘉欣捂着唇,略有些"不好意思"地说:"对不起啊,一不小心就……"

乔苏笑了笑道:"没关系。"说完,也泼了吴嘉欣一身水。

无视吴嘉欣逐渐变差的脸色,乔苏先一步回了会议室,表演还在继续。

此时已临近中午,乔苏摸出手机打算给沈郁舟订份外卖,她正选着菜,屏幕上投下来一个影子:"怎么回事?"

乔苏抬起头,看到沈郁舟沉下去的脸,后知后觉地想到他问的是什么:"没事,碰到一个熟人。"

"是吴嘉欣?"沈郁舟脱下自己的长风衣,披在她身上。

他刚才过来的路上正好碰到了吴嘉欣,也带着一身水,急匆匆地往外走。

属于沈郁舟身上的气息毫无遮掩地钻入鼻腔,有种好闻的清冽。

"我自己有……"乔苏的手还没碰到自己放在另一张椅子上

的外套，目光触及沈郁舟阴郁的眼色，于是默默地闭了嘴。

算了，穿谁的不是穿呢？

05.

因为湿了衣服，乔苏居然发现沈郁舟的办公室里有个大卧室！

不怪她以前没发现，因为卧室的门竟然是办公室一面墙壁上的巨大书架。书架上的一本书相当于开关，只要转动一下，书架就会往两边分开。

难怪沈郁舟平时都不出办公室，原来都窝在这里面偷懒。

像是猜到了她的想法，沈郁舟看她一眼："没有偷懒。"

乔苏露出一个震惊的表情："沈总，真神了，你怎么知道我在想什么？"

沈郁舟其实不太想知道，他从抽屉里拿出一个吹风机递过去。

碍于沈郁舟在旁边，乔苏只好装模作样地插上电源。

这个吹风机和其他吹风机比较起来，已经算是很温和了，声音比一般的吹风机要小很多。沈郁舟仍然皱着眉，走出卧室道："吹完放好。"

沈郁舟一走，乔苏就扔开了吹风机，随手掐了个诀往身上一放，衣服瞬间就干了，一丝被水溅过的痕迹都没留下。

为了不让沈郁舟察觉异常，乔苏没关吹风机，让它在桌子上吹着，自己则在卧室里打量起来。不得不说，这种风格真的很沈郁舟了。

整个卧室是灰白基调的底色，就连床单被套也是灰白交映。里面的陈设更是简单，一如沈郁舟本人。

看了一会儿，乔苏觉得差不多了，把吹风机收好走出来。

沈郁舟正在看文件，看完之后随手签上了自己的名字。他抬了抬眼睛，目光先在乔苏的衣服上转了一圈，才落到她白皙的脸上。

"明天有时间吗？"沈郁舟问。

乔苏一愣。

一般这样问了，意思是要约人吧？

沈郁舟再一次看透她的心思，沉声说道："没有的话……"

"有的，有的。"乔苏连连点头。

像是终于得到了满意的答复，沈郁舟面色也缓和了一些。他侧面轮廓柔和下来，看起来要比平时温柔不少。

过了一会儿，沈郁舟放下文件，一抬眼，又说："你怎么还不出去？"

好的，可以。她出去，微笑。

Chapter8.
她们为什么一直看着我？因为你好看。

01.

"听说人间要过什么节了。"白无常手里的白色锁链正圈着一个鬼魂的脖子，过了鬼门关，在黄泉路上慢悠悠地走着。

"感恩节。"黑无常面无表情地接话。

"好好好，感恩节，白爷我可是特意给你准备了礼物。怎么样？惊不惊喜？"白无常俊秀非常的脸上满是喜悦，他钩着黑无常瘦削的肩头，"我保证，一定会让你毕生难忘。"

黑无常拍掉他的手："为什么感恩节要送礼物？"

白无常嘿嘿一笑："感谢你出现嘛！"

"不要。"

"你瞧瞧你，嘴上说着不要，哪一年生辰我送的礼物你没有珍藏?"白无常越说越兴奋,"这叫什么来着?口嫌体正直?"

"聒噪。"黑无常道,发丝下藏着的耳朵却微微泛红。

白无常嘻嘻一笑,见好就收:"好好好,我聒噪,我的错。"

"小白你又在骚扰小黑了。"乔苏正准备出门,实在不是故意要听墙角的。她穿过开满了大红色彼岸花的小道,眨眼就到了黑白无常面前。

白无常嘿嘿一笑:"老大,又去上班呢?"

乔苏摆摆手走了,还真不是去上班。

"完了,我觉得老大要恋爱了。"白无常盯着乔苏的背影。

黑无常顺着他的目光看过去,暂时不予置评。

和沈郁舟约好了在一家商场门口见,沈郁舟就真的在门口等着。

雨水哗啦啦在眼前落下,冷风灌进脖子里。沈郁舟穿着黑色风衣,低领毛衣露出一截白皙的脖子,他将两手塞进兜里,神色自始至终都没有变化,仿佛感觉不到冷意。

乔苏来得比约定时间晚了一点,顿时愧疚感满得要溢出来。

"沈总?"乔苏快步走过去,把沈郁舟推进了商场里,"你怎么不在里面等?"

沈郁舟对此没什么表示:"走吧。"

02.

乔苏只知道沈郁舟要买礼物,下意识地以为又和上回一样要给喜欢的人买,一边想着他们还真是一对奇怪的情侣,居然连感恩节都过得这么隆重,一边四处搜寻着适合的东西。

她看的都是一些充满了浪漫气息的东西,比如香水、口红之类的化妆品,沈郁舟脸色也由一开始的平淡转为复杂。

她是不是对他弟弟有什么误会?

见乔苏居然要往首饰店里跑,沈郁舟道:"一个小孩子,能用这些东西吗?"

乔苏挑得很认真,想也不想地回复:"怎么不能……你等等,你说什么?"

沈郁舟说:"沈希林班上有个感恩节送父母礼物的活动,所以我要给他准备一份礼物。"

"是给希林的?"乔苏大脑有瞬间转不过来,"不是给你喜欢的人?那上次……"

沈郁舟面无表情:"他过生日。"

乔苏面色忽红忽白。她上次做了什么?挑了一个心形蛋糕,还建议在蛋糕里装礼物……

瞬间,乔苏想找个地洞钻进去。

为了带过这个话题,乔苏带着沈郁舟去了三楼。

商场的第三楼有许多精品店,卖的是精致又好看的小玩意儿。沈郁舟作为一个总裁兼直男,几乎没逛过这种地方。

店里有不少女生,叽叽喳喳的,沈郁舟一进去,就吸引了她们的所有视线。胆子大的直接忽视掉乔苏热辣辣地盯着沈郁舟,矜持点的就借着选礼物的由头偷偷瞥他。

沈郁舟顿觉后背发麻,低声跟乔苏说话:"她们怎么总看着我?"

乔苏要被这样一本正经的沈郁舟逗死了,于是也一本正经地回复:"因为你好看。"

沈郁舟没想到乔苏会这么回答,沉默了一阵,懒得跟她说话了。

"沈总,Hello?看看我呀?"乔苏推他。

沈郁舟随手抓起架子上一个白色鲸鱼的小灯去了前台,边走边说:"走。"

03.

"乔苏?"

陆清昀的声音从听筒的另一边传出来。

已经月底,乔苏正忙着处理各种文件,她只好用肩膀和脑袋夹着手机，姿势很是清奇："陆总，什么事？"

"叫我清昀就好。"陆清昀道。

"噢，不好意思啊，清昀，忘记了，有什么事吗？"说来奇怪，乔苏总是不记得要这么喊陆清昀，总觉得有些别扭。

陆清昀像是笑了一下："今天一起去吃饭？"

"啊……"乔苏看了眼电脑屏幕上的日期，离月底就剩三天了。

她犹豫了一下，想着上回那巨额的衣服，还是应道："好的。"

下班后，沈郁舟从车库里提了车。车开到路上，他突然发现乔苏从公司大门出来，走的不是她平时回家的路。

这种情况，一般是跟人有约了。

沈郁舟开着车慢慢地跟在她后面，果然没过几分钟，她就等到了人，一起去了旁边一家浪漫主题的餐厅。

是陆清昀。

他们什么时候这么熟了？沈郁舟握着方向盘，挡风玻璃外的世界已经有些模糊了，隐没在无声的黑暗里。彩色的霓虹灯闪烁着，照映着匆匆路过的行人，有些看不清他们的神情。

大概过了一个小时，两人才从餐厅出来，看样子陆清昀要送乔苏回家。

沈郁舟摸出手机，给乔苏打了个电话。

乔苏接起电话："喂？沈总？"

她就站在沈郁舟前方不远,浅浅的笑意在嘴角还没来得及收起。

沈郁舟不知道说些什么,思考了一下:"报表做好了吗?"

"我回家立刻就做。"乔苏叹了口气,该来的还是要来的,于是她跟陆清昀告别。

这里人声鼎沸,乔苏有点听不清电话里的声音。这时,身边停下一辆车。

"上车。"

乔苏还有些状况之外:"沈总?"

04.

电梯在沐辰二楼停下,乔苏从先前一个面试官那儿拿了份过选名单,一打开,居然发现没有饰演女主的演员。

似是看出了乔苏的疑惑,其中一个面试官宋敏道:"女主已经内定许苕了,总裁亲自发的话。"

乔苏点点头,看来这个许苕来头不小。她摸出手机,打开微博,找到了许苕。

看样子,许苕是在国外,晒的图里全是外国景色。

翻完许苕半年内发的微博,乔苏知道了许苕是为了一部国际大片才出的国。而她的微博下,评论全是"注意身体""爱你"

之类的，没什么绯闻，除了和沈郁舟的那几条外。

看着看着，乔苏耳朵里飘进一个刻意压低的男声："你放心，事情已经办好了，名单已经提交上去了。"

乔苏一愣，看向四周。她因为一直低着头刷微博，竟然走错了方向，到了阳台附近。

虚掩着的门被风吹开了一条缝隙，吹来刺骨的寒风。阳台上站着个身材宽厚的男人，背对着她，在跟人讲电话。

这个人乔苏认识，就是当时三个面试官之一，叫陈垣。

陈垣中气十足道："我办事你还不知道嘛，我说会过就一定会过。"

"沈总没看试戏现场，不会怀疑的，这次的女二号一定是你。"

"这件事包在我身上，你等我的好消息。"

乔苏默不作声地退了回去，她翻开名单，女二号那一栏定的那个名字，眼熟到了一定程度——吴嘉欣。

当时她是中途去的会议室，并没有看到吴嘉欣的试戏过程……想着，乔苏给宋敏打了个电话。

宋敏对吴嘉欣没什么印象，当时新人演员来得多，过选的也有不少，吴嘉欣又没什么名气，不记得也正常。

宋敏调出了当天试戏的视频，发给了乔苏。

乔苏翻了一遍，没翻到吴嘉欣那一段，以为是被自己忽略掉了，于是又仔细认真地重看了一遍，依旧没看到吴嘉欣。

到了第四遍，她倒是发现了其中一段和另一段衔接的时候，有点违和。后一段接上去的时候，原本桌面上放着的一盆绿植位置变了。这种细小的地方如果不仔细看，根本发现不了。

按理来说，这种类似于直播一样的拍摄，绿植如果被人移动也会被拍下来。那就只有一个可能了，绿植是吴嘉欣当时借用的道具，试戏过程中被她移了位置，而吴嘉欣的试戏片段则被人剪了，所以接到另一段的时候绿植的位置就变了。

为了证实自己的猜测，乔苏又问了一遍宋敏。好在宋敏虽然不记得吴嘉欣的名字，但是还记得当时有个用过绿植助演的艺人，演技一般，够不到女二的门槛。

这下就说得通了，至于吴嘉欣的视频被谁剪了……

05.

乔苏中午时把名单交给了沈郁舟。

沈郁舟翻开，目光下移，扫到吴嘉欣的名字时，眉尖抽了抽，像是想起了她当初来找自己拿角色的事情。

这不是什么好的记忆，不过沈郁舟还不至于小气到因为吴嘉欣骚扰过他几次，就记仇地划掉她的名字。

他继续往下看，看完后刚想把名单合上，乔苏道："沈总，刚才在楼下，我听到点事情……"

等她说完，沈郁舟的脸色已经不能用难看来形容了。

下午，沈郁舟去了三楼，乔苏同情了一下陈垣。

果不其然，陈垣第二天没来上班。

乔苏趁着还没上班，刷了刷微博，刷出了沐辰官方号一早发出的一条《神行九州》重选女二的消息。

乔苏清楚，这是把吴嘉欣给刷下去了。

同往常一样，乔苏踩着五点半的铃声下班。

走了一会儿，她便感觉到有些不对劲。

好像有人在跟踪她。

乔苏一开始还以为是自己的错觉，直到她为了确认情况，进了便利店买了巧克力再走出来，身后依然跟着那个穿着卫衣、头发染得红红的男人。

这下是来真的了。

这条路平时走的人不少，所以那个人只是不远不近地跟着她，没露出什么异常。

原来人间这么可怕的吗？

乔苏撕了巧克力的包装咬了一口巧克力，咬出一个月亮形状。这里人多，身后又跟着一个人，她没办法贴上隐身符回地府。正思考着要怎么办，她突然看到有辆车在不远处的商场边上停着。

那辆车乔苏认识，车身上有条黑龙。

乔苏走过去敲了敲陆清昀的车窗："陆总，帮个忙。"

陆清昀微微一愣，他正打算约乔苏去看电影，所以才会开车开到这边，没想到乔苏居然自己过来了。乔苏的忙是一定要帮的，陆清昀道："什么事？"

乔苏坐上副驾驶的位置："有人跟踪我，甩掉就可以了。"

陆清昀方向盘一转，瞥见那个正在张望的人，对方戴了个冬天很常用的口罩，看不清样貌。

陆清昀神色微凝："他为什么跟着你？"

"谁知道呢。"乔苏道。或许因为她长得好看？算了，还是要点脸。

走出一段距离，那个人来不及打车，也就跟不上了。乔苏回头看了好一会儿，才重重地吁了口气。

天早就黑了，乔苏扭头往窗外一看，她刚才只说转一转，现在还真不知道转到了哪里。

"我送你回家，别担心，不会有事的。"陆清昀在前面掉了个头往回走。

见陆清昀问也不问，乔苏忍不住道："陆总，你知道我家在哪儿？"

陆清昀说："不知道具体位置，只知道在城东阎王庙附近。"

"对对对，就是那儿。"乔苏应道。

他们转了大半个城市，等到了阎王庙，乔苏都已经快要在车上睡着了。

陆清昀推了推睡意蒙眬的乔苏："到了。"

乔苏惊醒，利索地下车，冲陆清昀挥挥手："谢了陆总！"

陆清昀无奈地笑了笑："真要谢我，就别喊我陆总了。"然后，他扬了扬手机，"有事就给我打电话，我一直都是开机状态。对了，明早安全到公司的话，给我回个电话。"

"好。"

Chapter9.
小苏姐,说实话你是不是神仙!

01.

乔苏现在很迷茫。

几个小时前,沈郁舟给她安排了一项工作——去华夏小学接沈希林回家。

早上,乔苏拎着刚买的灌汤包冲进电梯:"沈总,早啊!"

沈郁舟:"……"

沈郁舟看了眼时间,面无表情:"上班不准吃东西。"

"还差三分钟,相信我,能解决的。"乔苏冲他微微一笑,随即冲出电梯,奔到办公室坐好。

灌汤包还很热,乔苏赶时间咬了一大口,汤汁涌进嘴里,烫得她又站了起来,然后一口吐到了垃圾桶里。因为动作大,灌汤包里剩余的汤汁全顺着她的手指流满了整个手掌。

沈郁舟看不下去了，走进她办公室在桌面上抽了几张纸塞到她手里。

"谢谢沈总。"乔苏大着舌头道。她现在怀疑她嘴里长泡了。

沈郁舟还没说话，乔苏瞥到刚打开的电脑上显示的时间，顿时整个人都不好了。

"啊啊啊啊啊啊啊啊啊！"

只有一分钟了！

"叫什么？"沈郁舟扫她一眼，把装着灌汤包的袋子拎起来递过去，"下不为例。"

乔苏由衷地道："沈总你真好。"

"……"

这个时候，陆清昀的电话打来。

她昨天答应了陆清昀，到公司后给他打电话的，结果一阵兵荒马乱就给忘了。

"喂，陆总。"

"到公司了？"陆清昀的声音从另一端传过来。

乔苏一阵感动："嗯，放心吧，没遇到昨天那个人。"

想了想，陆清昀又说："下午我来接你？"

沈郁舟一直盯着乔苏，最后屈起手指敲了敲她的办公桌："乔苏……"

乔苏此时站在华夏小学校门口。

她来的时间刚好，不早不晚，学校正好放学，悠扬的钢琴曲回荡在耳边。

华夏小学是一所私立贵族学校，在里面念书的都是富二代什么的。

乔苏站在一群开豪车的女人中间，顿时感觉到了人与人之间的差距。不过还好，她不是人。

熙熙攘攘的小学生们从教室里涌出，原本安静的校园一下子热闹起来。穿着红黑色的冬季校服的学生在操场上嬉笑打闹，没一会儿就到了校门口。

沈希林在人群中看到乔苏，立即兴奋地跑了过去，大声喊道："小苏姐！"生怕乔苏看不到他似的。

"哥哥说今天你来接我，我从早上一直高兴到了现在。"沈希林抱着乔苏，从她怀里探出个脑袋。

"你哥哥下午有个长会，所以来不了。"乔苏摸摸他柔软的短发，看了眼表盘上的时间道，"我先带你去吃饭？"

沈希林背着书包点点头。

他的书包有着不符合年龄的大，里面装的东西又多又重，乔苏想帮他拎着，被他拒绝了。

"你是女孩子，我是男孩子，就应该我照顾你。"

"好吧,"乔苏笑了笑,"听你的。"

02.

饭店很多,乔苏一时间挑花了眼,有些自暴自弃地扎进了那家离自己最近的。

等两人吃完饭,天色已经有些暗了。

天冷了,路上的行人少了许多,唯有几个零星的路边摊还开着,烤红薯的香气顺着冷风飘到鼻子里。

乔苏把手机摸出来,带着沈希林走到小公园入口准备打车,谁知就那一瞬间,被人捂住了口鼻。她喉咙里发出的声音全部被堵住了,憋得脸色通红。有根绳索在她身上绕圈,她被绑得结结实实。慌乱间,她好像听到了沈希林叫喊的声音,随即又小了下去,变成了一声声呜咽。

"希……呜……"乔苏挣扎了一下,口中被塞入了一团布。

恍惚间,乔苏听到了一个声音,是一个青年的嗓音:"总算是抓到了,害老子绕那么远的路。"

"这小孩儿怎么办?"另一个青年道。

"一起带走,看那女人想怎么处理。"

"啧,小兔崽子书包还挺重!"

眼睛上的东西被拿掉，乔苏首先看了眼身边的沈希林。还好，沈希林没有受伤。

他们刚从车上被带下来到了这里。这里应该是一家废弃的工厂，地面上四处堆放着没用的铁桶，斑驳陆离的铁皮在阴暗的光线中显得有些狰狞恐怖。

乔苏嘴巴还被堵着，只能发出几声气音。她长这么大，还是第一次遇到绑架这种事，当然，地府治安很好，她地位又高，也没有鬼敢绑架她。

绑架犯中一个青年戴着鸭舌帽和口罩，只露出一截红色的刘海，她看了会儿，认出是昨天下午跟踪她的那个人。

乔苏被绑在身后的手蹭到了沈希林，猛地抓住他，沈希林还在怔愣间，呆呆地看过来。

红毛青年犹豫了一下，扯掉了两人嘴里的布。

乔苏张了张有些酸涩的嘴巴，连忙问道："希林，怎么样？有没有受伤？"

她刚才只是大致确认了沈希林没事，天色又黑，仔细一看才发现沈希林脸颊上有干涸了的泪痕。

不知是不是被吓到了，沈希林现在没哭没闹，怔怔的样子，让乔苏担心得不行。半响，沈希林才猛地一激灵，眼眶又开始泛红发热，两行眼泪唰地流了下来，他整个人靠在乔苏身上："小苏姐，呜呜呜呜……"

"希林别哭,没事的。"乔苏低着头,蹭了蹭沈希林的脑袋。他头发变得乱糟糟的,肩膀一耸一耸地抖动,应该是被吓到了。

沈希林吸了吸鼻子,抽抽搭搭地说:"小苏姐,我们会不会死啊?"

"想什么呢?"

乔苏看了眼不远处几个凑在一起的人,心里隐隐有了一个猜测。

要说和她有仇的,那就只有一个人了。

想不到这个人,胆子还挺大。

03.

"嘟……"

手机的振动声在一片寂静的黑暗中显得有些清晰刺耳。

是她的手机。

红毛青年随意瞥了一眼手机屏幕上的显示,随手把振动模式换成了静音。

屏幕第二次亮起,依旧是陆清昀的来电,依旧没有接通。

沈郁舟刚准备离开公司,手机突然振了振,他接起:"喂?"

陆清昀急道:"沈总,乔苏在公司吗?"

"不在。"沈郁舟回答,"她两个小时前去了华夏小学。"

"她去那里做什么?"陆清昀似乎是急了,声音有些大。

沈郁舟面色微有薄怒:"陆总,我的助理去哪里跟你应该没有关系吧?"

"你知不知道昨天有人跟踪乔苏?现在她的电话打不通,人也不知道在哪里,你……"他话没说完,电话就被人挂断了。

沈郁舟连忙给乔苏打了个电话,果然没人接。他又给沈希林打,也没有人接。

轮流打完,他像是想起了什么,又打给了沈宅那边的保安,保安明确地说并没有人进入。

沈郁舟抓起座位上的外套,飞快地去停车场取了车。他手机屏幕还没有暗下去,乔苏一个多小时前给他发的消息还留在记录里:沈总,我接到希林喽!

分不清是焦急激动还是害怕恐惧,沈郁舟一路疾驰到华夏小学,问了一圈也没找到人,不得不又开车往回走。

四处搜寻间,沈郁舟的视线突然捕捉到一个身影!

沈希林握着摇杆,激动得小脸泛红。他看过去,只见沈希林操作着的大炮筒,"轰"的一声,炸翻了一群小鱼。金币进钱袋的声音哗啦啦的,听起来格外爽。

沈郁舟沉着一张脸:"好玩吗?"

完全没意识到是自家哥哥,沈希林头也没回:"好玩,好玩!"

过了一会儿,沈希林愣愣地回过头:"哥哥。"

沈郁舟严厉的视线上下扫过他:"你小苏姐呢?"

角落里操作着另一台游戏机的乔苏举手:"我在这里。"

回家的路上,满车沉默。

乔苏和沈希林表情动作全一样,恨不得窝在车缝里才满意,存在感降低到沈郁舟不回头完全不知道后座有两个人的程度。

安静了一会儿,沈郁舟率先问:"为什么不接电话?"

乔苏举起已经黑屏的手机:"没电了。"

"你呢?"沈郁舟扫了一眼沈希林。

沈希林一副"我知道错了"的样子,安安静静地坐着,一点小差也不敢开。他抬了抬自己的电话手表,张张嘴:"也没电了。"

"……"

04.

下了车,沈郁舟把车门一关,震得坐在座位上的沈希林跟着一弹。

沈郁舟拉着乔苏走到一边:"怎么回事?"

他语气神情都很严肃,莫名地,乔苏站得笔直。

沈郁舟不好糊弄,她只好说道:"遇到几个人,但是被我甩开了。"

"你的手机是用来做什么的?出门不知道先充电吗?你还带着希林,不知道躲起来给我打个电话吗?你知不知道我有多担心?"沈郁舟像是真的生气了,平时没什么多余情绪的脸上第一次出现了类似愤怒的表情。

他的胸膛狠狠地起伏了几下,双眼紧紧盯着乔苏。

双肩上传来的清晰的痛感让乔苏不由得怔住了,这样的沈郁舟是她从来没见过的,阴森而又可怕,浑身散发着戾气。

他仿佛全身裹着一层淡淡的黑色雾气,乔苏要极力拨开那层迷雾,才能看清他的脸。

"我们没有事,我保护好了希林,你别……"乔苏说到一半,肩膀上的力道又加大了一些,疼得她"嘶"地皱起眉头。

像是知道自己过分了,沈郁舟猛地收回手,浑身戾气一敛:"很晚了,回去吧。"

乔苏依言走了几步,又顿住,回头看了一眼,沈郁舟仍站在原地。

阎王庙旁边站着个人,身影几乎快要融进黑暗,与之化为一体。

听到脚步声,那人回过头,冷峻的脸上露出一丝欣喜:"你回来了。"

乔苏跟着陆清昀在附近溜达了几圈，丝毫没察觉到身后跟着的两条尾巴。

"等久了吧？"乔苏有些歉意地看着陆清昀，"没有事先跟你说，让你担心了。"

"没什么，你没受伤吧？"陆清昀微微低头，才能看到乔苏埋没在黑暗中的半张脸。

"没。"

放在平时，沈希林根本没这个胆子敢戳沈郁舟的手臂："哥哥，小苏姐跟他走了！"

沈郁舟横他一眼："闭嘴。"他难道还不知道吗！

沈希林拽着沈郁舟，道："哥哥，再不跟上就找不到他们了。"

"沈希林。"沈郁舟又开始连名带姓地喊他了。

沈希林也生气。他人小力气小，拽着沈郁舟半天走不了几步路，但吼起来声音还算大："哥哥你这样，难怪小苏姐要跟那个人走！"

沈郁舟在原地顿了顿，随即一把抱起他，稳稳当当地跟在前面两人身后。

05.

沈希林晚上做了个梦，梦到自己遇见了电视剧里面的绑架情节。

他被绳子绑住了,旁边还有小苏姐,也被绑住了,他们在一家废弃的工厂里。

"希林,乖,闭上眼睛。"小苏姐低头蹭了蹭他的头发。他之前被那些人推进车里时,头发一定全部乱了。

"希林,不许睁开眼睛哦。"小苏姐说。

好,小苏姐,希林一定乖乖的,听话,不睁开眼睛。

突然,他感觉变冷了,冷风从四面八方包围了他。好像有什么东西从地底钻了出来,擦着他的脚升至空中。潮水般涌过来的风呼啸着,直往他耳朵里灌。

一定要聋了。

可小苏姐身上的温热让他安心,他紧紧闭着眼睛,可听觉好像更加灵敏了。

"这是什么东西?"他听见了绑架他们的青年的惊叫声,"这是什么……这到底是……"

他听见小苏姐在低低地念着什么,没过多久,那群人惨叫着跑掉了。

风好像停了,要不然为什么他的刘海又贴到了额头上?

小苏姐解开了他身上绑着的绳索,他睁开眼。

小苏姐手里拿着他的电话手表笑着说:"没电了呢,我帮你戴上。"

"希林,别怕,我带你去玩好不好?"小苏姐牵着他的手。他觉得离开工厂的那条路好像很短,或许是他们走路的速度太快。

小苏姐说:"希林,要保守秘密哦,否则你哥哥要担心的。"

"好。"

他想,小苏姐一定,一定是神仙。

一觉醒来,他什么都不记得了。但他记得,离开以后小苏姐让他吃了一颗粉红色的糖豆,是甜的,要甜到人心里去。

Chapter10.
人间的女人真是可怕。

01.

上班,乔苏只觉得沈郁舟心情不太好,这点在靠近他时显得格外明显。

沈郁舟原本不怎么爱笑,每天都板着一张脸,心情不好时脸色就尤为冷沉。

以为他还在为昨天的事情生气,乔苏乖巧地把项目表放在他桌面上,大气也不出。这种时候,多说多错。

谁知,她不说话,沈郁舟先说了:"你和陆清昀很熟?"

乔苏斟酌了一下:"一般吧。"

沈郁舟又问:"喜欢他?"

乔苏立即道:"怎么可能!那是纯洁的友谊好嘛!"

像是满意了,沈郁舟的表情适当地柔和了一点,他微微点点头,

"出去把门带上。"

乔苏带上门，兀自思考了一下，没想出什么名堂。

这时，电脑下方的微信图标跳了跳，乔苏一下子来了兴致。最近她事情多，连地府群都没时间看了。

【白无常】：好无聊，好想念小黑……
【孟婆】：老哥，小黑才离开一个时辰。
【地府守门人】：我猜没有小黑，小白这个月业绩完成不了了。
【马面】：楼上正解。
【白无常】：小黑，理理我呀，小黑小黑小黑。
【追梦鬼】：小白哥别喊了，小黑是不会出来的。

事情是这样的，前两天她二哥楚江王殿内的黑白无常因为有事纷纷请假了，所以她只好临时调了自己殿内的黑无常过去帮忙。

嗯，还剩下一个幽怨的白无常。

【阎王】：我的错，帮你召唤@黑无常。
【黑无常】：在。
【白无常】：哇，小黑，你不爱我了吗?
【黑无常】：不爱。
【白无常】：难受想哭！你为什么要说这种话?

还是留下时间给他们聊好了,乔苏默默匿了。没想到其他鬼也纷纷效仿,默默潜了水,大概是觉得融不进那氛围。

乔苏关掉对话框,这时手机振了振。

"陆总?"

沈郁舟早在她拿起电话那一刻就对手里的文件失去了兴趣,他的直觉告诉他,那通电话不简单,于是他想了个理由走出去。

"下午?"乔苏疑惑道,"这样啊,那我请你……"

她本意是昨晚让陆清昀等在阎王庙外那么久,心里过意不去,打算请他吃顿饭,结果听到一旁的沈郁舟道:"乔苏,这份表重做。"

乔苏来不及拒绝陆清昀,随后又发出一道惊呼:"什么?陆总你要过来?"

沈郁舟藏在衣袖内的手微微握拳:"上海城那边有部剧在拍,你这几天跟我去探探班。"

电话那头的陆清昀简直想吐血。

挂掉电话后,乔苏终于忍不住问:"沈总,你是不是不喜欢陆总?"

沈郁舟面无表情地看着她:"你喜欢他?"

"别转移话题,沈总。"乔苏吸了口气道。

"哦,不喜欢。"

不是很懂你们总裁。

02.

沈郁舟说要去上海城,过了几天还真就带着乔苏去了。

上海城和世纪城一样,是个影视基地。两个影视基地分别在首都的南北两个方向,待在里面的是各个剧组。

乔苏在其中一个剧组里见到了一个熟人,那人背对着她。很显然,那人没看到她,正在跟面前的人说话:"导演,你什么意思?要让别人取代我女主的位置?我们是签了合同的!"

一个中年男人看起来面色很和善,一直耐着性子说:"吴小姐,您请回吧,我们会派律师和您交涉,赔偿您相应的违约金。"

"我不要赔偿,我要女主的戏份!为什么换掉我?之前不是还好好的?我需要一个解释!"吴嘉欣看样子是真的生气了,卷发都被寒风吹乱了也没管。

"吴小姐,理由您应该比我更清楚。"导演也像是忍受不了了,揉了揉眉心,"你要是再闹下去,我会叫工作人员过来处理的。"

吴嘉欣神色一僵,站在原地许久,然后猛地一跺脚,转身匆匆走了。

乔苏原本是打算治一治吴嘉欣,但是那几个人动了沈希林,沈郁舟已先她一步动手了。那几个被她抹了记忆的青年已经进了警局,吴嘉欣也被抓了进去,后来被她家人捞了出来,在家里安分了几天，想必她也该知错了。

想了想，乔苏快步跟上沈郁舟的步子。

沈郁舟人高腿长，走一步要比她两步的距离还大，乔苏赶得气喘吁吁，由衷地说："沈总，吴嘉欣的事，谢谢你了。"

沈郁舟居高临下地看着弯腰喘粗气的她，嘴唇动了动，语调冷清地道："敢动我沈家的人，就要有承担后果的觉悟。"

乔苏连忙附和："对对对。"

沈郁舟眉峰一动，看她一眼，没说话。

时间走得很快，一天就这样过完了，像是流过指尖的细沙。

乔苏打完卡，才猛然发觉外面的天色又变得阴沉了。

她走出公司一段距离，没想到前面一个路灯下站着个穿着灰色外衣的单薄身影。

路边的车辆行走缓慢，正处在下班高峰期，全都堵在那儿动不了，尖锐的嘶鸣声不知疲倦地在半空回旋。

似乎感觉到了什么，吴嘉欣微微动了动，侧眼看了过来，嗓音有些干涩："乔苏。"

03.

吴嘉欣点了两杯热咖啡，初冬就该喝点热的。

她像是有很多话要说，最终颤了颤唇却什么也没说出来。

服务生送咖啡过来："请慢用。"

"你看，他不认识我。"最终，吴嘉欣还是开了口。

乔苏很赞同地点头："他也不认识我。"

"我们不一样！"吴嘉欣变得激动，声音抑制不住地提高。幸好她们坐在二楼的小房间，隔音效果还不错，"你只是一个普通人，可我是艺人，我是明星！我得活跃电视里、银幕里，可是没有人认识我！"

吴嘉欣越来越激动，双手握紧又松开。她眼里隐隐透出水光，红唇在微黄的光线下颤抖："我签的那部剧女主的角色被抢了，找我代言的广告商也要跟我解约，为什么我得到的一点点好处都要被夺走？我被封杀了你知道吗？我被封杀了！谁都不会再找我了！"

她终于忍不住，眼泪流了满脸，随即抬手重重一擦，顾不得花了的妆："我只是想让你得到教训，不要再阻止我。为什么你总是喜欢多管闲事？为什么每次你都要出现？为什么要跟我作对？我哪里对不起你？"

"我只是想增加曝光的机会，我做了什么伤天害理的事，你要针对我？我现在顶着多大的压力你知道吗？你什么都不知道！"吴嘉欣愤恨地紧紧盯着乔苏，像要把她看穿一般。

"你的好处是借沈郁舟的名头换的，那本来就不是你的。"

乔苏看着吴嘉欣的眼睛,那里面隐隐透着红色的血丝,"而我是沈郁舟的助理,一切要以他和公司为主。"

顿了顿,她又补充一句:"我并不是针对你。"

这是实话,如果不是吴嘉欣一次又一次地要从沈郁舟那儿获取好处,她不会对上吴嘉欣。

"你放屁!"吴嘉欣又气又急,猛地站起身,身后的椅子被她突然的动作牵制得发出一声巨响。她伸手端起咖啡猛地泼过去,咖啡却在空中被一层无形的屏障挡住了,悉数反弹了回去,落在她的衣服上。

吴嘉欣顿时惊叫起来,咖啡落在她的白色毛衣上,将其染成了卡其色。

乔苏被她突如其来的动作惊住,直至面前那块泛着光的屏障逐渐消失,她朝身侧看去,白无常神色冷凝,收回了法术。

拖着一只震惊得双目瞪圆的鬼的白无常说:"老大,还好我在附近索魂时听到了你的声音!"

"做得好。"乔苏道。

吴嘉欣微微喘着气,说话哆哆嗦嗦:"你……在跟谁说话……"

吴嘉欣拖着虚浮的脚步走出咖啡馆,眼前的世界似乎模糊又清晰。

"人间的女人真是可怕。"白无常拖着身后的鬼,边走边感慨。

"对。"乔苏颇为认同。

"所以老大,你什么时候把小黑调回来?"

呃……看样子是时候把黑无常调回来了,不然白无常得叨叨个没完。

04.

吴嘉欣的事仿佛就这样搁浅了,直到一个视频在网络上爆出。

视频很模糊,隐约能看出里面三个人发生了争吵,一个男人半普通话半方言的骂声格外粗鲁和刺耳。他说的方言并不难懂,骂的话也十分难听。进度条越往后走,视频越混乱,那男人似抡起了拳头。

乔苏脸色沉了下去,噌地站起来。

恰巧沈郁舟经过,被她吓了一跳,道:"怎么了?"

就在这时,另一条热搜被人顶了上来——

吴嘉欣跳楼

乔苏点开一看,是路人拍的照片——一个女人站在三十多层高的刚施工完成的某大楼楼顶。因为拍照的人用了放大功能,图片有些模糊,但还是能看出来那女人是吴嘉欣。

一开始还只有图片,没几秒钟,视频也传了上来。

乔苏一惊,连忙抓起外衣披在身上:"沈总,我请个假,大事!

特别急!"

沈郁舟下意识地问:"什么事?"

眨眼间,乔苏已经冲进电梯不见了。

她的电脑还没关,沈郁舟瞥了一眼,眉头狠狠皱起,连忙去追乔苏。可他看到电梯并没有显示往下走的数字,分明就停在这一楼。

电梯的速度……这么快吗?

乔苏直接停在大楼楼顶,摘掉了自己的隐身符。

她到这里时,时间才过了一分钟。

吴嘉欣脸上全是淤青,手背上也有。她正处在一种不太理智的状态,时而流泪时而断断续续地说着什么。

"凭什么我要背负这样的人生?"

"为什么全世界都不想我好过?"

"那我就去死好了,反正也没有人关心我……"

她一只脚抬起,脚下是万丈深渊。

"吴嘉欣!"乔苏一惊,手中猛地放出一条光链,圈住吴嘉欣往回拖,"别跳!"

被什么东西缠住,吴嘉欣低头,却看不到捆住自己的东西,她开始疯狂挣扎:"让我去死!为什么不让我跳?你们不是都讨厌我吗?"

"你清醒点，没有谁讨厌你，都是你自己臆想的！"乔苏咬牙拽着光链，手掌被勒得通红，心道：黑白无常怎么还不来！

吴嘉欣情绪失控，求死意念强烈，力气突然变大的她猛地挣脱光链，直直往下坠去，耳边的风好像刮得很急，一刀一刀割在脸上。

乔苏贴上隐身符冲下楼，就看到吴嘉欣正躺在床单棉絮上，目光涣散。

"老大，怎么办？"白无常站在旁边，一时没有动作。

"幸亏你们来得及时，否则她这辈子就要在病床上度过了。"乔苏对着吴嘉欣叹了口气，庆幸黑白无常用床单棉絮接住了吴嘉欣。她之前就看过生死簿，吴嘉欣的命数分明还有六十年，要是掉下楼去，以这样的命数她当然不会死，但九成会变成残废，躺在病床上过完余生。

救护车呼啸着停下，恍惚间，乔苏好像对上了吴嘉欣的视线。那一眼过后，她们之间就被人挡住了。

黑无常肯定道："她看到你了。"

乔苏收回视线："没事，只是被吓得魂魄出了窍而已。"

05.

"乔苏？"人散尽之后，沈郁舟才匆匆赶到。

乔苏的隐身符还没摘,见此情景,黑白无常微微瞪大了眼。

沈郁舟也瞥见了她旁边的黑白无常,嘴角轻轻抽搐了一下。

这群人……

白无常心底发怵,推了推黑无常的手臂:"小黑……小黑,我怎么觉得他在看我?"

"他是在看你。"黑无常抽回自己宽大的衣袖,随手掸了掸。

白无常满脸惊恐:"他也魂魄出窍了?"

黑无常往他头顶看了一眼,魂魄状态好好的:"没有。"

"这就是……Cosplay?"沈郁舟半天才找回自己的声音。

"哈哈哈哈哈,是啊。"大写的尴尬。乔苏露出一抹很傻的微笑,应道。

好在沈郁舟没有纠结这些,毕竟 Cosplay 并不少见,只是很少有人 Cos 地府里的人物。

再看了几眼,依旧嘴角抽搐,沈郁舟又问:"她怎么样了?"

反应过来他问的是谁,乔苏道:"去医院了。她阳寿未尽,不会有事的。"

"阳寿未尽?"沈郁舟眉头未展。

几个路人对着沈郁舟指指点点,经过他时脚步不由自主地加快了许多。

这人对着空气说话,别是个傻子吧?

怕沈郁舟察觉异常，乔苏让黑白无常先走了，自己则暗自摘掉了隐身符。

刚才还没什么感觉，现在手掌处的疼痛可谓清晰。乔苏伸出手，翻过手掌，果然看到几条狰狞的红痕。

"怎么回事？"沈郁舟眉头皱得更紧。

"没什么……哎？"乔苏站在马路边，不知所措地看着沈郁舟进了药房。

周围没有医院也没有诊所，两人就在公园的长椅上坐着。沈郁舟翻过她的手掌，慢慢地给她涂好碘酒，再用棉球吸掉多余的液体，将她白皙的手掌涂成了暗红色。

很丑啊。乔苏把吐槽咽下去，乐观地想着说不定沈郁舟第一次干这种事呢，还是不要打击他了吧？

Chapter11.
他可能,有个假的助理。

01.

处理完手头的工作,乔苏在自己难得的休息日里去了一趟吴嘉欣父母住的地方。

吴嘉欣在城中白鹭亭里有一套房子,是专门买给她父母住的,平时她很少来这里。

白鹭亭这一处的风景很是漂亮,树多水多,比起她自己住的地方,好了十倍不止。

乔苏敲了敲门,隔了很久才有人来开门。开门的是个化着浓妆的女人,隐隐能看出和吴嘉欣有几分相像。那女人看到她,立刻露出戒备之色:"你是谁?"

这时门内传来一个中年男人略有些混浊的声音,他嗓门大,说话听起来像是要去打架:"谁来了?"

"你是吴嘉欣的母亲齐如意女士吧？我是吴嘉欣公司派来的律师。"乔苏一只脚抵住门，防止齐如意关门。

齐如意一听，脸色唰地白了："你要做什么？"

"网上传的那个家暴视频让你们很苦恼吧？不让我进去吗？"乔苏看着齐如意不太好看的脸色，忽而笑起来，"你别害怕，我只是个手无缚鸡之力的弱女子，能对你们做什么？不过要是我一直堵在门口，恐怕一会儿有人来了看到也不好。"

想了想确实如此，齐如意这才侧身，让乔苏进门。

家里进来一个陌生人，吴宏咆哮起来："你怎么回事？不知道我们的处境吗？还敢把外人放进来？"

的确，家暴视频一出，他们现在正处在风口浪尖之上，这扇门估计要被人敲烂了。

"吴先生，当初对吴嘉欣动手的时候就该想到有这一天。"乔苏把提包放在一边，手里只握着一个手机，手机在她手里转了一圈又一圈，最后停住。

吴宏梗着脖子："那又怎么样？吴嘉欣是我的女儿，难道我打我自己的女儿你也要管？"

"我不管。但是你们住在她买的房子里，理所当然地用着她给的东西，还做出这种禽兽的事，已经严重影响到了她的生活。"

"她是我养大的，做这些都是应该的！做女儿的，就得孝敬父母，这个道理你不懂吗？"

"你当她是你女儿吗?"乔苏忽而笑起来,"只是一个提款机而已吧?"

太阳就要落下了,余晖照着白鹭亭地面铺满的鹅卵石上,一个一个圆润可爱。

走出一小段路,乔苏猝然发现前面的凉亭里站着个人,背对着她,像是在看落日。

听到脚步声,那人转过身,依旧面无表情:"怎么说?"

"你怎么知道我在这儿?"乔苏惊奇道。

沈郁舟走到她身边:"猜的。"

顿了顿,沈郁舟像是想起了很久以前的事情:"大学时,我似乎真的见过吴嘉欣几次。校运会有比赛,她死活不肯穿短袖,应该是怕被别人看到伤痕吧。"

乔苏点点头:"对。吴嘉欣出道后,家暴情况有所缓解,她父母也怕她爆出去后脸上无光,所以动手少。但是前几天她父亲赌博输了钱,找来她,她没有给,所以被打了。"

"因为身后有这样一个家,她才拼了命想要出名。"乔苏拎着包,另一只手冻得有些发红,插进口袋里也感觉不到温热,"怪我,如果不是我非要……"

"那是你的工作。"沈郁舟打断她的自责,"如果不是你,我猜她会更痛苦。"

一时无言，太阳也终于沉了下去。

乔苏之后去医院见过吴嘉欣一次。

吴嘉欣脸色苍白，没了往日尖锐的棱角，一直盯着窗外的某一处发呆，可能是在看电线上的冬鸟，也可能是在看天空。

那是乔苏第一次看到这样安静的吴嘉欣，仿佛身上所有的盔甲都被卸下。她身边除了一个过来帮忙换药的护士之外，没有其他人。

飞鸟划过天际，留下一道清脆的叫声，像是唤醒了她，她搭在白色被子上的双手终于动了动。

"我这里有一份录音，你可以选择把它交给法院。"乔苏从包里摸出一部小巧的录音笔。

闻言，吴嘉欣脑袋稍稍侧了侧，干涩的嗓音如同被粗粝的沙子蹂躏过一样："谢谢你。"

"你……那天……"吴嘉欣有些犹豫，视线却紧紧盯着她。

乔苏笑道："我说我有魔法你信吗？"

吴嘉欣也笑了一声"多谢你的魔法了，让我没有断手断脚的。"

乔苏缓步走下楼梯，医院的消毒水味真的不太好闻。

莫名地，乔苏想到了那天沈郁舟给她涂抹的、淡淡的碘酒味道，比这个好闻多了。

02.

这几天气温上升了几度。

乔苏依旧踩着上班的点,飞奔进了办公室。

这好像是她的日常,每次都能神奇地掐准最后几分钟,赶到办公室。

沈郁舟对她埋头苦吃的样子不发一言。他平时吃饭都慢条斯理的,和乔苏完全是两种极端。

过了会儿,他还是忍不住难受地敲她边上的玻璃墙:"你……你慢点吃,不急。"

这样吃,胃能受得了吗?

乔苏百忙之中抽出空来看他一眼,今天的他也很正经。

沈郁舟每天上班的穿着就是西服,冷一些,还会配一件薄大衣,吃饭时也很端正,动作慢,吃得一点也不含糊,几十年如一日。

乔苏问道:"沈总,你每天几点起床?"

沈郁舟迟疑了一下,道:"六点。"

"……"乔苏抬起双眼,很震惊的样子,她咬断最后一截粉条,"现在!冬天!六点?"

沈郁舟难得解释了一下:"六点起床,沿着河岸跑一小时步,再洗澡做早餐。"

"这么冷的天,你还跑步?"乔苏更加震惊了,"我每天八点半才起的!"

难怪沈郁舟每天坐着,身材还那么好!

沈郁舟没说话,但满脸都写着四个大字:不敢苟同。

乔苏忍不住又问:"那你几点睡觉?"

沈郁舟回答:"十点半。"

十点半,夜生活才刚刚开始好吗?

"我们不一样!不一样!"乔苏说着说着,就唱了起来,她越唱越觉得,真是应景。

场面有点一言难尽,沈郁舟从未见过乔苏这样的女人,一时间什么话都被噎回了肚子里。

他可能,有个假的助理。

直到两人到了华夏小学,乔苏还沉浸在"我们不一样"的气氛里。

原来沈郁舟刚才一直不开电脑是有原因的,他今天根本就没打算工作。

今天是华夏小学举办亲子运动会的日子,十点不到,操场上就围满了人,到处热热闹闹、欢声笑语的。

到现在,乔苏还在想,她到底是怎么被沈郁舟喊过来的?

哦,半个小时前——

"希林很想你。"

"是吗？我也很想他啊！"

"好，走吧。"

"等等，去哪儿？"

沈郁舟语气铿锵："华夏小学。"

"……"

可以，这很沈郁舟。

03.

沈希林在三年二班的队伍里，隔着很远朝他们挥手。

他们班正好在走队形喊口号，一不留神他就被老师抓住了开小差，连忙正经严肃地继续迈方步走至操场正中央。

正方形的方阵里小朋友们穿着清一色的迷彩服，沐浴在暖色的阳光下，稚嫩的脸上还带着甜甜的笑容。

队伍一解散，沈希林就像个火箭炮一样冲了过来，冲到沈郁舟面前又来了一个急刹车，整个人站得笔直笔直，绷着一张小脸，先喊了沈郁舟一声："哥哥。"

沈郁舟点了点头。

见两人互动少得可怜，乔苏推了推沈郁舟的手臂："沈总，应一声。"

沈郁舟满脸冷漠:"嗯。"

沈希林偷偷拿眼瞥沈郁舟,然后一步一步挪到乔苏面前,仰起小脸:"小苏姐!"

"希林,好久不见。"乔苏蹲下去,摸摸他的头,那头柔顺的短发上翘起一撮呆毛。

沈郁舟睨了两人一眼,继续面无表情。

真不明白沈郁舟怎么会有这么可爱的弟弟。乔苏握着沈希林给的一块巧克力,不禁想着。

不知道沈郁舟小时候是不是也这么可爱?

中午一到,家长纷纷拿出野餐布铺在地上。一时间,校内各处都开满了五颜六色、形态各异的巨大花朵。

乔苏环视一圈,发现所有人都带了便当,正准备和孩子一起分享。她于是转向沈郁舟:"便当呢?"

沈郁舟愣了一下:"没有收到通知说要做便当。"

沈希林默默地说:"老师发了邮件。"

"可能我没看见。"

朋友,你还记得自己是来参加活动的吗?

沈希林不敢说哥哥,只好抓着乔苏的手。

乔苏摸摸沈希林的脑袋:"那我们去食堂吃。"

沈郁舟的视线落在两人握着的手上,他顿了一会儿,率先走开。

04.

华夏小学里的建筑都很有特色,南侧还开设了特长班。

沈希林兴奋异常,拉着乔苏往其中一间教室跑去。

这是一间小提琴室,沈希林从柜子里取出自己的小提琴:"小苏姐,我新学了一首曲子,我拉给你听!"

沈郁舟无声地看了他一眼,不作声。

乔苏立即小声道:"你干什么这种眼神,他是你弟弟。"

琴音溢出,乔苏听了一会儿,只觉心旷神怡。她刚想称赞一下,琴音却陡然尖锐起来,如同魔音灌耳,铮铮响着,全无美感,真是一言难尽。

沈郁舟面无表情地转个身,打开门想走出去。

乔苏算是知道沈郁舟的心情了,她拉着沈郁舟的手臂:"再撑一会儿,别打击他。"

沈郁舟依言停了下来,目光停在自己的手臂上。

乔苏的手白皙漂亮,指节修长,被她拉住的地方传来源源不断的热量。

沈希林一曲拉完,放下小提琴,眼睛亮晶晶地看着乔苏。

乔苏什么话也说不出来,于是把这个烫手的山芋丢给了旁边的人,她推推沈郁舟:"沈总,给点评价吧!"

沈郁舟丢出两个字:"难听。"

沈希林一下子垮下脸。

"你怎么能这样!"乔苏不可置信道。

沈郁舟看着她:"不是你让我评价的吗?"

乔苏喷他:"人家还小呢,这样已经很不错了!难道你比他拉得好?"说完她就后悔了,因为沈郁舟真的走过去拿起了沈希林的小提琴。

音符缓缓溢出,如潺潺流水没过溪涧,又似竹露轻响,落进无边青林。

沈希林垂着脑袋。

乔苏道:"希林,别灰心,我觉得你拉得比他好。"

"真的吗?"沈希林抬起脸。

乔苏昧着良心:"当然了!你哥哥已经二十五岁了,还拉得那么难听,你那么小,以后一定会超过他!"

沈郁舟走过来在她面前站定,微微抿了抿唇角,淡淡地说:"难听?"

"对。"乔苏拉着沈希林走了。

沈郁舟估计是第一次得到这样的评价,一个人在原地思考了很久,才缓缓迈开步子,走出小提琴室。

05.

下午三点,一声哨响,沈郁舟和沈希林并肩跑在跑道上。

砖红色的塑胶跑道在阳光的照耀下,有些耀眼。

沈郁舟难得换了套运动服,舍弃了在公司的形象。他人高腿长,在一群家长里也是特别显眼的存在。沈希林也长得好,一对高颜值的兄弟几乎让旁边的老师移不开眼。

亲子运动会锻炼的就是相互间的默契度,沈郁舟虽然嘴上损着沈希林,行动上却由着他,跑到栏杆障碍物区,他想也没想抱着沈希林就跨了过去,领先其他队伍一大截。

乔苏跟着一群女人在啦啦队里喊"加油",嗓子都快破了。

等两人跑过来,乔苏连忙丢开花球,一起拉着沈希林穿越刷得五颜六色的轮胎。

沈希林小脸泛着潮红,气喘吁吁:"小苏姐,咱们要赢了吗?"

沈郁舟抓紧他的手,即使在跑步,他依旧没什么表情,语调也很平缓:"闭嘴就会赢。"

"哦。"沈希林应了一声,配合地钻进绿林网。

一行三个人在网下穿行,沈希林突然被网内的带子缠住了脚,怎么甩也甩不开,急得快要哭出来。乔苏刚要返回,就见到沈郁舟已经后退到了他身边。

乔苏停在原地,直到两人跟上来,她才说"沈总,你这个人啊,就跟想吃糖又拉不下脸去要的小孩儿一样，嘴上说着不要不要，其实身体很诚实嘛！"

沈郁舟回过头，看了眼被绿林网笼罩着脸色发绿的乔苏："你这是什么比喻？"

乔苏说："那你就当没听见吧。"

"哥哥，小苏姐，后面的追上来了！"沈希林焦急地拽着两人的胳膊喊。

沈郁舟一眼扫过去，他就乖乖地不敢再动了。

"急什么？"

不得不佩服沈郁舟这种每天早起锻炼的人，跑了这么久，大气也不出一口。

站上颁奖台，沈希林突然搂着乔苏和沈郁舟，眼泛泪花。

乔苏拍拍他的肩膀："快，拿你的奖杯。"

太阳快要落下了，斜阳的余晖照在回家的路上。

沈希林趴在沈郁舟的背上睡得正香，小嘴一张一合呼噜噜地呼吸着。

乔苏走在沈郁舟身边："沈总，你衣服脏了。"

沈郁舟低头看了眼，原本整洁的衣服现在已经不能看了，到处都脏兮兮的，沾着灰尘和草屑。

他偏了偏头,看到肩膀处毛茸茸的脑袋,不自觉地放轻声音:"没事,回去换了。"

乔苏注意到这个小细节,笑道:"想不到沈总还有这一面。"

沈郁舟看向她:"哪一面?"

乔苏想了想,一本正经:"嗯……铁汉柔情。"

"……"

你不如闭嘴。

Chapter12.
沈郁舟,你浑身萦绕着一团黑气。

01.

这天乔苏同往常一样踩着点上班,才在椅子上坐下,就听到一阵有节奏的"嗒嗒"声,像是高跟鞋踩在地面叩击发出的声音。

她拆开一次性筷子的同时,一个女人走了过来。

纤细的双腿、精瘦的腰身,以及丰满的大胸和一张张扬漂亮的脸——映入眼帘。

女人冲她露出一抹微笑,问:"沈总在吗?"

乔苏隐隐觉得这人有些眼熟,但是想了想,又想不出什么来。她记得一开始高哥说沈郁舟不喜欢女人近身,于是礼貌道:"沈总正在处理文件,可能不方便。"

谁知沈郁舟突然从办公室走出来,先看那女人一眼,又面对着乔苏道:"你不是喜欢她?"

乔苏尴尬一笑："沈总，这您可就想多了，我并不喜欢女人的。"

"……"

意思被解读错了，沈郁舟嘴角一抽："她是许苕。"

许苕冲她微微一笑："你好，乔苏。"

乔苏愣了一下，才反应过来沈郁舟那句话的意思。

之前沈郁舟误以为她的地府群是按照许苕演的电影《幽灵差》里的地府群取的，那时就问过她是不是喜欢许苕。

她当时是怎么回应来着？为了揭过话题，她点了头！所以沈郁舟一直以为她喜欢许苕，但今天她居然没认出面前的人。

这当然不能怪她。她没有见过许苕真人，许苕网络上的照片也是时不时换一换妆容和发型。上回在微博上看到许苕时，她还是一头长发，现在已经剪短到了耳后。

沈郁舟看了她一眼，将视线转到许苕身上："你跟我来。"

《神行九州》开拍在即，许苕提前回国。

大约半个小时后，她从办公室里走了出来。

乔苏原本以为她要直接去按电梯，没想到她却在她面前停了下来。

"我们见过面的，还记得吗？"

许苕嗓音轻柔，语调温和，莫名地，让人觉得舒服。

温婉柔和、谦逊有礼，怪不得外界对许苕的评价极高。

见乔苏露出迷惘之色，许苕提醒道："那天我跟阿舟通视频电话的时候。"

乔苏想起来了，不过她当时只看到是个长直发的女人，并没有看清她的脸，反倒是许苕记住她了。

等等，阿舟？

乔苏瞬间脑补了一出大戏。不是说沈郁舟没有澄清和许苕的绯闻，许苕也没否认？喊得这么亲密，难道两人真是一对？

乔苏脸色变了变，早知道就不拦她了。

02.

她们有一搭没一搭地聊着，这时，沈郁舟也从办公室里走出来。

他臂弯里搭着一件黑色大衣，看样子是要出门。

"走吧。"沈郁舟说。

许苕从座位上起身，冲乔苏眨眨眼："那我先走了，下次再跟你说他小时候的事。"

闻言，沈郁舟嘴角抽了抽。

该不是，他理解的那个意思吧？

乔苏理解地挥挥手。

对着空空的办公室，莫名地，乔苏有些想念沈郁舟了，尽管沈郁舟才刚走。

沈郁舟这一走，到了下班也没有回来。

乔苏出门时经过一楼大厅，前台姑娘突然喊她："乔姐，刚才有位先生找你，说要你去一趟对面的茶馆。"

想来想去，这时候会来找她的，就只有陆清昀了。

乔苏跟前台姑娘道了谢，拎着包往茶馆的方向走。

这家茶馆开了很久了，有很多人捧场，一年四季满座。乔苏走上茶馆二楼，踩着藤蔓交错的地面，最后在一棵老树后面找到了人。

陆清昀今天不是一个人来的，还带着个昏昏欲睡的宝宝。

乔苏惊喜道："小树苗！"

小树苗听到她的声音，立即瞌睡就醒了，抬起两条短短的胳膊要抱抱。

"我姐最近有个通告，姐夫最近出差，保姆又辞职了，所以只好让我帮帮忙。"陆清昀抱娃的手法虽然生疏，但至少姿势是对的，他把小树苗送到乔苏手里，"听我姐说小树苗很喜欢你，所以就带过来了。"

乔苏抱着温温软软的小孩儿，突然就想起沈郁舟。他僵硬地抱着小树苗时，小树苗哭得像个泪人。

小树苗舒服地窝在她怀里，两手环着她的脖子，不停地在她的脸上亲亲。

陆清昀看着，有些眼热："岂有此理，我是他舅舅，他从来不亲我。"

白白软软的小家伙好像听懂了，一头窝进乔苏怀里。

陆清昀："……"

03.

乔苏抱着小树苗走在路上。

似乎是觉得路过的景色十分新奇，小树苗不时冒个头挥挥手。乔苏捏捏他软软的脸颊，想起一件事："你不是要做一个综艺？"

"嗯，打算做一个亲子综艺，让小树苗和他妈妈参加，就当送给他的礼物。"陆清昀从大衣口袋里摸出一个小奶瓶递给小树苗，里面的牛奶还是温热的，"乖，喝牛奶了。"

沈郁舟在路边停下车，慢慢放下车窗，反光镜里照出三个身影。

看了一会儿，他一打方向盘，将车转一个方向，跟了过去。

跟到一半，却因为车流拥挤，他被堵在了路上。

见那三个身影越走越远，他捏了捏自己的眉心。

陆清昀贴心地把车停在阎王庙旁边那个小区的入口，乔苏看了眼因为坐车已经睡过去的小树苗，轻手轻脚地把人放进安全座椅里。

"乔苏。"陆清昀喊道。

"怎么了?"

"你真的不打算来我这边?"

乔苏笑着摇摇头:"陆总,世界这么大,你还怕找不到合适的助理?"

陆清昀没办法强求,只好说道:"好吧,不勉强你。"

等陆清昀掉转车头离去后,乔苏踩着最后一丝余晖回到阎王庙。

青绿色的屋檐快被黑暗淹没,乔苏抓了个贡品回到地府。

"阎王。"守门人恭恭敬敬地喊她一声,随后打开通往阴间的大门。

忘川河边水流湍湍,黄泉路上彼岸花艳丽,乔苏想了想,聚起神力给玉帝写了封信。

之前事情太多,她有些忙不过来,就搁置了。

那次绑架后,她发现沈郁舟浑身萦绕着黑气,那不是单纯的戾气,而是……

叫来天通快递,乔苏把信件寄了过去。

事情真是有些棘手了。

04.

沐辰官方微博于一月十号发出《神行九州》的主演定妆海报。

乔苏刷到这一条,下意识点开了第一张。

这张图片的主角是许苕,穿着鹅黄的广袖古装,眼波流转,唇角微扬。

不论是头饰还是服装造型,都很到位,甚至她的微笑都和女主角北梦如出一辙。

翻到第二张,乔苏指尖微滞,微微瞪大了眼。

这人剑眉朗目、面如冠玉,衣袂与青丝齐飞,周身萦绕着一股淡淡的仙气,这不是……这不是……赤脚大仙吗?

乔苏把这张图反反复复看了几遍,盯着这张熟悉的脸,一脸复杂。

谁能告诉她,为什么赤脚大仙会在人间?

赤脚大仙原名梁尘,"赤脚"只是因为他爱光脚的原因而被玉帝封的号。

乔苏点开梁尘的微博,发现他的认证居然是"国民影帝"!

她猛地觉得,这个世界越来越让人看不懂了。

梁尘的微博粉丝有好几千万,但他本人并不常发微博,最近的一条还是系统自动发的生日推送,评论数以万计。

乔苏翻着翻着,长叹一口气。

这时,沈郁舟从电梯里出来,手里拿着本日历:"后天《神行九州》举行开机仪式,你跟我一起去。"

乔苏应了一声，想了想问道"沈总，你有梁尘的电话号码吗？"

沈郁舟偏了偏头："你要做什么？"

乔苏保守地说："他是我一个朋友。"

沈郁舟回答："没有。"

"咦？"不应该啊！

乔苏抬起头，看到沈郁舟挺拔的背影。

好吧，到时候开机时总能见到的。

05.

《神行九州》开机当天，乔苏久违地又起了一个大早。

保时捷在公路上稳稳当当地行驶着，因为早上不堵车，所以两人很快就到了世纪城。

场外已经摆起了供桌，用红绒布覆着，几碟水果糕点规矩地摆放在中央一个黄铜香炉旁。

演员都在场，乔苏首先看到了一袭裙装的许苕。许苕红唇微微张着，看到她，还打了声招呼，随即走到沈郁舟旁边，两人说话去了。

陆清安也在场，她饰演的师姐也是剧里至关重要的人物，乔苏走过去道："清安姐，好久不见。"

"清昀说带了小树苗去看你，给你添麻烦了。"陆清安温和一笑道。

乔苏摆摆手："没有，不麻烦，我很喜欢小树苗。"

那边的沈郁舟听到两人提起小树苗，脸色似乎有些不善，横了乔苏一眼。

虽然不明白沈郁舟为什么突然瞪她，但她还是立马乖乖地道："清安姐，那我先过去了。"

她走到沈郁舟旁边，他像是和许苔已经聊完了，正等待仪式开始。

到片场一会儿了，她都没来得及去找梁尘，只能隔着人看了他一眼，刚巧他也投过来浅淡一眼，两人都愣住了。

梁尘看了眼乔苏身边的沈郁舟，嘴唇微微动了动，最终什么也没说。

乔苏注意到他的神色，抬眼瞥了瞥沈郁舟。

沈郁舟抬步走到供桌前，率先点了三根香，面色肃然地拜了一拜，随后把香插在香炉中。等相关人员一一拜完，再揭开摄影机上盖着的红布，仪式就算成了。

乔苏在化妆室内找到了梁尘，像是也在等她，梁尘连一会儿要穿的古装都没换。

他像是有些忍受不了地光着脚踩在地上，鞋子丢在了一边。

乔苏拱手行了一礼："大仙怎么在此地？"

梁尘同样拱手回了一礼:"为渡情劫。"

想了想,梁尘忍不住想提醒乔苏:"那个沈郁舟……"

他话未说完,所提之人迈着步子走了进来,他只好闭了嘴。

直觉告诉乔苏,梁尘要说的似乎不是什么好话。

"走了。"沈郁舟面色冷淡,语气却不容置喙。

乔苏甚至来不及问梁尘要个联系方式。天界和阴间所用的微信版本不同,乔苏除了拿到梁尘的电话,否则根本联系不到人。

这么想着,坐在车上的乔苏叹了口气。

沈郁舟看她一眼:"叹什么气?"利索地打着方向盘,车子转了个弯,驶入另一条路。

乔苏忍不住转身,盯着沈郁舟认真开车的侧脸:"沈总,你真没有梁尘的电话?"

沈郁舟吐字清晰,两字铿锵:"没有!"

乔苏从他脸上找出了一丝隐隐的怒气,吓得不敢再说话。

这就有点可怕了。

Chapter 13.
生日礼物送什么好？两只小鬼。

01.

周五这天，乔苏奉命去华夏小学接沈希林。

她等在门口，看那块巨大的黄石上刻着"华夏小学"四字。

没多久，沈希林跑了出来。接到哥哥的电话说小苏姐来接他的时候，他连整理东西的速度都快了两倍不止。

一张白皙还带着点婴儿肥的脸红扑扑的，像个刚熟的苹果。

"你哥哥今天加班，让我带你回沈宅。"乔苏拉着沈希林的右手。

天晴了几天，最近又开始冷起来了。风一刮，两个人裹着薄棉袄都瑟瑟发抖。

沈希林想了想："前几天考试了。"

乔苏一边打车一边应他:"考得怎么样?"

"有道题答错了,被老师逮着骂了好久。"沈希林跟着乔苏在路边等车,缩了缩脖子好像还能感觉到在课堂上的恐惧,他念出题目,"一骑红尘妃子笑……"

"嗯,你怎么答的?"车刚来,乔苏带着人坐上去。

沈希林:"哈哈哈哈哈哈哈!"

乔苏:"是该逮着骂的。"

沈希林满脸不可置信,仿佛不相信和自己一条船上的唯一战友叛变了:"小苏姐!"

沈宅的保姆管着沈希林的衣食住行,前几天才回来。巧的是,乔苏记得她,就是那日大喊"有鬼"的那女人。

吓到人了,罪过罪过。默念几声,乔苏进了门。

这是她第二次进入沈宅,里面没什么变化,院子里依旧有人在打扫。唯一不同的是,几棵干瘦的山茶树上结满了粉白色的花苞。

沈郁舟不在,沈希林兴奋地拉着乔苏往楼上走。沈宅内部的楼梯也是古式的雕花木梯,扶手上的纹路清晰可见,凸起处和凹陷处都能清晰地感知到。

二楼是沈郁舟和沈希林的房间,沈希林拉着乔苏先在自己房间逛了一圈,又悄悄地潜进沈郁舟的房间。

乔苏觉得很新奇:"你不怕你哥哥了?"

"怕。"沈希林缩了缩肩膀,"但是有个东西要给你看。"

"什么?"乔苏问完,手里被塞进一本厚厚的相册。

拿到了东西,沈希林带着乔苏又回到了自己的房间。

乔苏打开相册一看,里面全是沈郁舟的照片。从小时候到长大,连他刚生下来的照片都有。乔苏看了看照片,又看了看沈希林,心道:这俩兄弟小时候简直是一个模子刻出来的。

又翻了翻,翻到了不少他和许苔的合照,乔苏指尖一滞。

照片里,两人挨得极近,都露出漂亮的笑脸。

不知为什么,她心里有点堵。沈希林喊了她好几声,她都没听见。

沈希林问道:"小苏姐,你觉得我哥哥怎么样?"

"沈总?他很好。"乔苏合上相册,看着他,"怎么了?怎么突然问这个?"

"小苏姐,我……我很喜欢你,我……"沈希林难得结巴了一回,一张小脸红得像要滴出血来,"我……"

"小少爷,乔小姐,该吃饭了!"管家在楼下喊道。

"就来。"乔苏站起来,"先吃饭。"

沈希林呼出一口气:"哦。"

02.

沈郁舟是吃饭时风尘仆仆赶回来的。

院子里亮着灯，他的影子投在地面上，随即移到了屋子里。

"少爷回来了。"管家又添了一副碗筷。

沈郁舟看了乔苏一眼，坐了下来。

对着满桌子的菜，他抿了抿唇道："吃得习惯吗？"

"挺好的，手艺不错。"乔苏夹了块排骨放进沈希林的碗里，疑惑道，"不过你们平时两个人吃饭，做这么多菜？吃得完吗？"

沈希林抬起快要埋进碗里的脑袋，先看了沈郁舟一眼，才小声地说："平时我们不吃这么多菜的。"

"沈希林。"沈郁舟沉声道。

沈希林脖子一缩，低头当鹌鹑。

"哇，沈总，你凶他做什么？"乔苏放下筷子，安抚性地揉了几把沈希林的头，"人家还是个孩子呢。"

沈希林越发想让乔苏当他的嫂嫂了。

吃过饭，沈郁舟开车送乔苏回家。

天已经黑得看不清路面了，如墨泅染开一般。

乔苏坐在副驾驶上一边系安全带，一边道："沈总，你以前可不是这样的。"

沈郁舟一打方向盘："我以前是什么样？"

乔苏忍不住控诉："以前你让我一个人跑那么远买钢笔，还说是我自己不用车。"

沈郁舟突然唇角一勾，像是想起了那一天的事情，又问："你为什么那么快买到了钢笔？"

"这是重点吗？"乔苏斜他一眼，加重了语气。

要不是她会飞，不知道猴年马月才能买到钢笔回来。

车内的暖黄灯光照得沈郁舟面色柔和，薄粉色的唇轻轻抿着，眼睛一眨不眨地盯着挡风玻璃外被车灯照得通明的路面。

窗外景色倒退，世界仿佛被按了加速键，从眼底掠过。

沈郁舟动作熟练地拐进洛河路。

熟悉的景色一一从窗外划过，乔苏这一侧的窗户开着，风灌进来，吹乱了她别到耳后的发丝。

沈郁舟突然道："冷吗？"

乔苏先是一愣，而后才说："还好。"

沈郁舟默默无言，只是伸手打开了空调，尽管开着窗也感觉不到。

送到阎王庙附近的小区门口，乔苏下了车。

这里与阎王庙隔了一堵又高又厚的红墙，不过没关系，反正她能穿墙。

03.

最近沈郁舟更忙了。

以往他每天都会去《神行九州》的片场走一圈，只是最近很少去了。

乔苏坐在自己的办公室里，盯着那扇紧紧关着的门，想了想，送了杯咖啡进去。

打开门，沈郁舟还在埋头看文件。乔苏放下咖啡，他半开的窗子外突然飘进雨丝，染湿了地面。

乔苏探头到窗外，又被淅淅沥沥的雨逼了回来。她眨眨眼，突然喊："沈总。"

沈郁舟正专心致志地看文件，忽然听见乔苏的声音，抬起头："什么？"

"下雨了。"乔苏指了指楼下，"你知道为什么吗？"

沈郁舟眼角一抽："龙王哭了，你说过了。"

"这次不是。"乔苏一本正经地说道，"这次是龙三太子降的雨。"

沈郁舟看了眼窗外："为什么？"

乔苏伸手在窗外虚摸一把，雨水冰凉，落进她一片指甲里，凉了整个指尖："这一次的雨势较小，雨点砸下来不疼，没有龙王的威严。"

沈郁舟嘴角抽搐，憋出两个字："闭嘴。"

"哈哈哈哈，沈总，你这反应真可爱！"乔苏关起窗户，雨声变得闷闷的，她满脸真诚，"沈总，相信我，我没有骗你。"

沈郁舟对此不发一言,脸色却隐隐发青。

溜了溜了,乔苏把门一带。

下午时分,乔苏接了个电话。

来电人是沈希林,他之前就在电话手表里悄悄存了乔苏的号码。

乔苏觉得奇怪,毕竟今天不是周五。

难道是学校老师要找家长,他又不敢告诉沈郁舟,所以打给了她?

"小苏姐?小苏姐你在吗?"手机里传出沈希林刻意压低的声音,他那边静悄悄的。乔苏瞄了一眼时间,还早,估计他是在上课的时候偷偷打过来的。

"怎么了?"乔苏严肃道。

沈希林纠结了一下:"我……我有大事要找你。"

该不是被她猜中了吧?

"小苏姐,我哥哥他……快要过生日了。"

"嗯?"

沈希林紧张巴巴地问:"小苏姐,你来吗?"

乔苏看了眼沈郁舟依旧紧闭的门:"我怕是不太合适。"

"小苏姐,我猜哥哥很愿意你来的。"沈希林快速地道。

"那好吧。"

"那你一定要来。"

乔苏点点头,想起沈希林在电话那头看不到,又"嗯"了一声。

04.

沈郁舟要过生日了。

乔苏收拾好东西,盯着还亮着灯的办公室,她该送点什么呢?

她一个阎王,什么也没有,要不然送两只小鬼?

想起沈郁舟能看见自己的隐身状态,乔苏猛地一个激灵,还是别了。

这时,乔苏想起了万能的地府群。

【阎王】:求助,过生辰该送什么礼物?

【白无常】:这个我有经验,我经常给小黑送的!

【追梦鬼】:老哥,你怕是还没被小黑嫌弃够哦?

【牛头】:追梦老弟,你还是太年轻,情趣懂不懂?

【阎王】:别打岔,小白继续说。

【白无常】:老大,送999朵玫瑰花!表达你的爱!

【孟婆】:然后被对方嫌弃说送的是生殖器吗?!

【白无常】:孟婆你闭嘴!

【马面】:心疼小白一秒。

【阎王】：……

不知道沈郁舟喜欢什么。

送礼还得从根源处下手。

沈郁舟整了整文件，就瞥见乔苏从门口探进来的脑袋。他微微吸了口气："做什么？"

"沈总，我想问问，男人都喜欢什么东西？"秉着保持惊喜的心态，乔苏问得很保守。

沈郁舟好看的眉头皱了起来："你要给谁送礼物？"

乔苏眼睛转了转："沈总，这你就别问了，你告诉我男人都喜欢什么就好！"

沈郁舟突然间把整理好的文件拍在了桌面上，发出的声响吓了乔苏一跳。

"沈总？"

"没事。"

沈郁舟不动声色地又把拍散的文件收拾好，面无表情道："那要看你和他是什么关系了。"

乔苏扒着门，果然认真沉思了一会儿："关系说好也不算很好，说坏也不算很坏。"

闻言，沈郁舟又问："你喜欢他？"

乔苏盯着沈郁舟看了一会儿："嗯……一般吧。"

沈郁舟手指微微蜷曲:"他对你好吗?"

这下算是真正问住乔苏了,她思考的时间比之前长了很多。

他会打电话邀她去湖畔看烟花、会关心她穿着湿衣服、会在平安夜送她苹果、会送她回家,好像只有这些,又好像还漏了很多。

乔苏依旧扒着门,半晌才抬起眼帘:"应该是很好的。"

听完,沈郁舟越发确认乔苏想要送礼物的人,是陆清昀了。

他敛起眼里晃动的波澜,唇部微微颤动:"不知道。"

???

问了这么多,就一句"不知道"?

05.

乔苏没走几步路,面前就飞快闪过一道白影。

"老大!"白无常喊了一声。他手里拽着的一只面目狰狞、吐着红色的舌头的女鬼,正艰难地挥舞着四肢。

还好那女鬼已经死了,不然被这么勒着,也活不了多久。

"怎么了这是?"火急火燎的,活像是被人催债。

"没事,我先走了。"白无常什么也没说,就拽着女鬼风风火火地跑了。

想了半天,乔苏才感觉到不对劲。她已经把黑无常从她二哥殿内调了回来,按理说,白无常恨不得天天跟黑无常黏在一起的,感情好得不得了，今天却有些反常。

没多久，黑无常的身影出现在黄泉路口，像是在找什么，一贯风轻云淡的脸上有些焦急。

"找小白吗？刚走。"乔苏想了想，问，"发生什么事了？"

黑无常沉思了一会儿："刚才索魂，碰到的是个溺死的女鬼，我跟那女鬼说了会儿话。"

"哦，原来如此。"小白是吃醋了。怪不得刚才他拖得那女鬼眼冒金星，走路快得像要飞起。

小白脾气好，一般不会生气的。她问："你们说什么了？"

黑无常略加思索："那女鬼问我有没有女朋友。"

"你怎么说？"

黑无常道："没有。"

原来如此，原来如此。乔苏理解地点点头，顺手给他指了个方向："那边去了。"

黑无常："谢谢老大。"

黑无常刚行了礼就要走，又被乔苏叫住"小黑，我问你件事。"

"你说。"

"每逢你生辰，小白都会送些什么礼物？"

"……"

小黑提供的建议，有一半被乔苏直接Pass掉了，例如什么干花、香水、手表什么的。

　　干花，哪有人过生日送"尸体"的？

　　还有香水，沈郁舟根本都不用好吗？

　　手表，烂大街了，再说沈郁舟根本不缺手表。

　　站在商场的乔苏显得格外迷茫，最后实在没办法了，走向一家店铺。

　　一开始听小黑说最喜欢小白送的礼物是这个时，乔苏是拒绝的。但是逛了一圈，她越发觉得这个东西是居家旅行必备产品。再加上店员吹嘘得有多厉害，乔苏脑子一蒙，反应过来时，已经付了款提着东西走出店门了。

　　乔苏身心俱疲，掂了掂手里的手提袋，实在没力气再逛其他店了。

　　送吧，不就一份礼物嘛，礼轻情意重嘛。

Chapter 14.
他收到的生日礼物是一整盒的磁疗内裤!

01.

沈郁舟生日当天,正好是乔苏的休息日。

一大早,乔苏就被一阵急促而刺耳的电话铃声吵醒。

她摸出枕头底下的手机,迷迷糊糊地接听,对面传来沈希林焦急无比的声音:"小苏姐,你怎么还没来?"

乔苏看了眼手机屏,确认自己没有错,才无奈道:"希林,现在才早上六点。"

"小苏姐,你早点过来,哥哥又要抓我去写作业了。"

他声音压得很低,估计是躲着沈郁舟给她打的电话。

乔苏从床上直挺挺地坐起来:"好好好,你撑住。"

走出地府,乔苏就后悔了,不该穿这么少的。

外面太阳虽然大,但是温度并不高,凉风飕飕地往她脖子里钻。

拿出隐身符贴上,乔苏直接飞到了沈宅门口。

她之前并没有细看,沈宅旁边不远处还有一栋别墅,装修得华丽大气,顶尖处还闪着光。

啧啧,有钱人的世界啊!

乔苏正儿八经地敲了敲门,来开门的依旧是那位管家。因为认得了乔苏,这回他直接把人请了进去。

院子里上回只是花苞的山茶花都开了,淡淡的香气隐隐飘浮在空气里。沈郁舟走进院子看到她的时候,显然愣了一下:"你怎么来了?"

乔苏听到声音,转过身。沈郁舟穿着一身轻便的运动装,显得身形轻灵高挑,他腿长而直,额头上几颗汗珠顺着棱角分明的脸庞滑下去,落进了胸前的白色毛巾里。现在还不到七点,他应该是刚跑完步回来。

沈希林从楼上看到了乔苏,连忙"噔噔噔"地跑下来,几步到了跟前,又堪堪停住。视线先落在乔苏脸上,然后才看向沈郁舟:"哥哥,是我让小苏姐过来的。"

沈郁舟面无表情。

眼看沈希林快要顶不住他的目光,乔苏默不作声地挡在沈希林面前,笑道:"沈总,别这样嘛,生日快乐!"

"你……"沈郁舟愣了一下,动了动唇,说不出话来。

"你这是什么表情?"乔苏晃了晃手提袋,"我可给你带了礼物的!"

沈郁舟的脸色变得有些奇怪:"你上次说的礼物,是要送给我的?"

乔苏也奇怪道:"难道还有第二个人过生日?"

一通莫名其妙的对话结束,沈郁舟拎着精致漂亮的手提袋,面色有些复杂。

原来是给他的,早知道就……

02.

乔苏算是明白为什么沈希林非要让她到这里来了。

沈郁舟作为一个总裁,过生日却简单得不像样——

没有蛋糕,没有聚会,没有朋友,啥都没有。

到了中午,三人坐在座位上等待开饭,一时无言。

好在桌子上还放了零嘴,乔苏撕开包装纸把巧克力塞进嘴里,严肃地思考着一件事。她靠在沈希林旁边,一手揽着沈希林的肩头,压低声音问:"希林,你哥哥以前也是这样?"

沈希林先看一眼沈郁舟,才小声说:"去年没有这么丰盛的饭菜。"

得,去年比今年还惨。

管家把十几样菜端上桌,香气袅袅的。

坐在首位的沈郁舟先动了动:"吃饭吧。"

过了一会儿,乔苏离席接了个电话,走到院子里,没多久拎回一个大蛋糕。

"沈总,过生日没有蛋糕怎么行?"乔苏把蛋糕压在桌面,笑得眼睛弯起。闪烁的光芒敛进双眸,直直地盯着沈郁舟,"怎么样?我考虑得周到不周到?"

沈郁舟目光从蛋糕上移开,淡淡道:"我不吃甜的。"

"你这个人……吃蛋糕只是一种过生日的仪式感,懂吗?不用非得吃下去,用来打打仗什么的也可以。"说完这些,乔苏拆开盒子上的丝带,"再说了,我知道你不吃甜的,所以我让店员做蛋糕的时候尽可能地少放了奶油。"

沈郁舟原本还想说些什么,听到后一句,默默闭了嘴,随即凉凉地看了她一眼。

沈郁舟正准备切蛋糕,管家突然带进来一个人。

女人一头齐耳短发,裹着棉袄。

许苕取下墨镜:"我来晚了。"

"你怎么来了?"沈郁舟微微偏头。

"不欢迎?我可是特意从剧组请了假赶过来的。"许苕摘掉口罩，露出一个随和的笑。

沈希林从座位上起身，跑到许苔面前站定，乖巧地喊道："许苔姐姐。"

"希林，好久不见。"许苔摸摸他的脑袋，突然语调一转，"咦，乔苏也在这里。"

乔苏盯了许苔几秒，突然想起两人没有澄清的绯闻。而这次许苔为了给沈郁舟庆生，还特意请了假，两人该不是有什么……见不得人的交易吧？

一时间，乔苏脸色由红变绿，又绿变红，看沈郁舟的目光也逐渐深邃起来。

没想到你是这样的沈总。

"没有！"沈郁舟突然阴沉着脸道。

许苔奇怪地看着他："你在说什么？"

沈郁舟："……"

乔苏吓了一跳，心虚地摆摆手："哦，知道了，沈总。"

03.

吃完饭，沈希林被沈郁舟赶去房间里做作业。

许苔拉着乔苏在院子里散步，她难得有这么悠闲的时候，微微闭着眼，眼尾的淡红色眼影微微闪着光。

"吃了一块蛋糕,我得回家去练半个小时瑜伽了。"许苕无奈地笑道。

"这么辛苦吗?"乔苏忍不住问。

许苕实在不胖,一米六八的个子,看起来不过一百斤。

"当然啊,当演员对形体要求非常严格,我家里有一个健身房呢。怎么样,要不要去看看?"许苕指了指外面。

"你家也在这里?"

"隔壁。"

"什么?"乔苏惊愕道。

"你不知道?我和阿舟是邻居,也是好朋友,从小一起长大。"

乔苏简直无法用语言形容自己的感觉,稀里糊涂地走到了许苕家楼下。

一走过去,乔苏更惊,她之前留意的那栋别墅,居然就是许苕的家!

许苕摸出钥匙打开门,带着乔苏走了进去。

这栋别墅内里很简单,两人直接去了楼上。

楼上真的有一间健身房,很大,很宽,里面全是健身器材。

乔苏看着角落里的一个巨大杠铃,沉默了一会儿:"这个你也练?"

"练。"许苕说完,直接走过去蹲下,两手握住横杆,用力举了起来。

乔苏惊呆了,满脑子只剩下一条弹幕:刺……刺激……

坚持了一会儿,许苕放下杠铃,笑着回头看她:"你要试一下吗?"

"不不不……不用了……"她怕被杠铃砸死。

许苕打开一扇窗户,外面的风吹进来,吹散了那点仅有的燥热。

乔苏手肘撑在窗台上,下巴搭在交叉的手指上,低了低眼睛,正好看到沈宅的院子。

沈郁舟站在茶花树旁边,不知道在干什么,忽而,像是感觉到什么,抬眼看了过来。

她用多了电脑,有些近视,现在连沈郁舟的脸都看不清,也不知道视线有没有交汇。

许苕掩嘴笑了一下,什么也没说。

又过了一会儿,许苕看了眼手表:"我该去剧组了,只请了四个小时的假呢。"

"这么赶?"

"对啊,得早点赶回去,今天还有夜戏要拍。"

说话间,许苕的助理就开了车过来。

乔苏看着许苕上车,车子掉了个头,许苕打开车窗,朝她挥了挥手。

04.

沈郁舟站在沈宅门口,车子走得远了,乔苏抬起一条手臂在他面前晃了晃:"沈总,人已经走了。"

沈郁舟面无表情地看着她。

好了,看,随你看。

两人并肩走回院子里,沈郁舟目视前方道:"我去拿钥匙,一会儿送你回家。"

乔苏"噢"地应了一声,一回头,沈希林从二楼阁楼的横栏处探出个头。

沈郁舟只当没看见,继续往前走。

走了一段,乔苏道:"沈总,你好冷漠。"

沈郁舟还是第一次被人这么说,微微蹙了眉,不解地问:"那我要怎么做?"

乔苏于是尽职尽责地演了起来,声情并茂道:"希林快下来,让哥哥抱抱你!哦,小心肝!"

"……"沈郁舟面无表情地快步上了楼。

"沈总等等我啊!"沈郁舟腿长,乔苏没跟上,只能眼睁睁看着他房间的门打开又关上……

"小苏姐!"沈希林焦急的声音从房间里传出来。

乔苏走进去，发现沈希林房间里的浴室里亮着灯，水声哗哗，估计是在洗澡。

她看了眼窗外的天色，现在才下午两点，这么早就洗澡？

总裁家的生活果然不一样。

"怎么了？"乔苏敲了敲门。

"我忘带衣服了，在床上。"沈希林闷闷道。

"我帮你拿。"乔苏说着，去他床上拿了衣服再转回来。

沈希林打开浴室门，氤氲的雾气涌出来，让人看不清里面的构造。突然，一阵温热的水花从天而降，从乔苏脑袋上淋到了脚下。她吓得尖叫了一声，就着烟雾散开的空当才发现浴室里的喷头坏了，水花四处飞溅，她的衣服裤子已经湿了大半。

"小苏姐！"沈希林裹着浴巾站在水里，连忙去关水。

"怎么回事？"沈郁舟听到声音，快步走进来。

"哥哥，花洒坏了！"沈希林浑身是水，拉着同样浑身是水的乔苏，惊慌地道，"小苏姐的衣服全湿了！"

"自己换衣服。"沈郁舟眉心一皱，先把沈希林抓起来丢到床上，随即又把乔苏带回自己的房间，翻箱倒柜地找出几件衣服，"你看看能不能穿，不行的话我再找。"

乔苏抱着衣服，有些为难道："沈总不用这么客气，你家保姆有多的衣服借我吗？"

沈郁舟又翻出一条不常穿的裤子塞给她："保姆不住这里，

没有衣服。"

沈郁舟看了眼浑身湿答答的乔苏,把她推进浴室:"你赶紧换衣服,别感冒了。"

过了一会儿,乔苏裹着沈郁舟宽大的衣服走了出来。她穿着沈郁舟一件深灰色高领毛衣,把整个下巴都埋了进去,显得脸更加小。裤子长了一大截,走几步还能清晰地感觉到风从裤管里往上钻。

浑身上下都是沈郁舟的味道,乔苏略有些不自在。她打开门,刚好能听见房间里电视广告的声音。

沈郁舟看着她,怔了一下,才把吹风机递过去:"头发。"

"哦,好。"乔苏打开开关。

"衣服让人拿去烘干了,一会儿就能穿。"沈郁舟换了个频道。

"好。"

沈希林换好了衣服,默默蹲在烘干机旁,小心翼翼地给乔苏衣服上倒水。

他一边倒,一边拿眼偷偷瞥一瞥楼上的动静。

很好,没被发现。

希林弟弟计划通!

哈哈!

05.

在沈宅留到晚上七点,乔苏才换回自己的衣服。

她一边穿一边想:现在的烘干机烘干衣服都这么慢的吗?

吃完饭,沈郁舟送乔苏回家。

路上,谁也没说话。沈郁舟严肃地开着车,乔苏突然间问道:"沈总,我送你的礼物你看了吗?"

"没有。"

乔苏略有些失望:"那你回去一定要看,这可是我第一次给人送礼。"

沈郁舟面不改色地盯着路面,嘴唇一开一合吐出四个字:"司命星君。"

"嗯?"乔苏显然不太明白沈郁舟为什么会突然提到司命星君的名字。

沈郁舟进一步提醒:"满月。"

想起那回事,乔苏哭笑不得:"哇,沈总,你这个人怎么这么较真呢?再说了,司命星君的女儿也不是……"说到一半,最后那个"人"字被她又咽了回去。

半晌,她道:"反正我第一次送,没有经验,你一会儿记得给我点反馈。"

沈郁舟从手提袋里摸出一个精致华美的黑金色盒子,不知道为什么,他右眼皮隐隐在跳。

直觉不会是什么好东西。

沈郁舟莫名地屏住呼吸,双手灵活地拆开盒子上的丝带拉花。

打开盒盖的那一瞬间,沈郁舟顿时气血翻涌,热气直冲脑门,脸上的表情寸寸龟裂,恨不得立刻把东西甩出去。

为什么,她送的,是内裤?还是一整盒的磁疗内裤!

整齐摆放着的内裤上还放着一张嫩粉色小卡片,上面用淡蓝色的钢笔写着几个娟秀又工整的小字——

艾尔内裤,不仅仅是内裤。

那还能是什么?

乔苏差点被疯狂的铃声振得灵魂出窍。

"沈总,我理解你见到礼物时激动的心情……"

"你滚!"

话毕,听筒内传来急促的"嘟嘟"声,一下比一下清晰。

Chapter15.
沈总,你放飞了几十支口红。

01.

乔苏站在游乐场边,等了一会儿不见人,便先买了两张票,又在门口等着,过了一会儿,陆清昀才抱着小树苗姗姗来迟。

"让你等久了。"陆清昀今天这身装扮显得凌乱,短发也有些翘起,脸上露出几分疲惫,整个人像是刚打完仗回来。

小树苗倒是很整洁很精神,见到乔苏就伸手求抱。

乔苏抱过小树苗,忍不住问:"陆总,你……"

陆清昀苦笑一声,他出门前原本是一身整洁的,结果小树苗突然拉臭臭,他忘记给小树苗穿纸尿裤,于是就被拉了一身,真是自食苦果。换衣服时,他想起离约定的时间近了,来不及思考就夹着小树苗飞速出门了。

一阵兵荒马乱,还是晚了一点。

小树苗搂着乔苏的脖子，乖巧地趴在她肩膀上，奶声奶气地喊："姨。"

乔苏听得心都酥了，动作轻柔地摸摸他柔软的头发。

"岂有此理……真是岂有此理……"陆清昀抓了几把头发，气道，"小没良心的，在我怀里就是混世魔王，在你乔姨那儿就是乖巧宝宝，性格还分人展示的吗？"

像是听懂了他们的话，小树苗咕哝一声，搂紧乔苏，在她左右脸上各亲了几下。

陆清昀："……"

最近因为陆清安档期问题，一直是将小树苗放在陆清昀那儿的，但陆清昀向来不讨小树苗喜欢，只好忙里偷闲地带着人来找乔苏。

周末的游乐场里人潮涌动，食物的香气和喧哗的人声源源不断地涌过来，小树苗兴奋地挥舞着一双白嫩嫩的手，在乔苏怀里扑来扑去。

"小心。"陆清昀突然间拉了乔苏一把，绕开了推着烧烤车的商贩。

考虑到小树苗太小，乔苏选的都是些平缓安全的游戏，从摇摇马到碰碰车，玩了一圈。

注意到乔苏换手抱小树苗的动作，陆清昀不由分说把小树苗夹进自己臂弯里。

小树苗显得格外惊恐，咿咿呀呀地说着听不懂的话。

陆清昀问："他在说什么？"

乔苏慢慢地解读："说讨厌你。"

陆清昀换了个姿势抱他："现在呢？"

"还是讨厌你。"

"岂有此理！"

02.

沈希林发誓，他绝对不是因为小苏姐前几天说要来游乐场，所以才拉着自家哥哥来的。

嗯，有点此地无银三百两了。

他一双眼睛紧盯着涌动的人群，像要从中看出一朵花来。

沈郁舟不太喜欢这种异常嘈杂的地方，微微皱着眉："你不是要玩过山车？"

沈希林X光一样的视线终于锁定了坐在秋千上的人，于是拉了拉沈郁舟的衣角："哥哥，我要玩荡秋千。"

沈希林很少像这样要求什么，在他面前从来都是一副严肃正经的样子，要不是见到过沈希林在乔苏面前活跃的劲儿，他还真以为沈希林性格如此。

想来想去，沈郁舟略显生疏地揉揉他的脑袋："去吧。"

沈希林呆了一下，才不确定地抬起头："哥哥？"

"嗯，走吧。"沈郁舟抬脚迈步，自己先走了。

果然，这才是自家哥哥正确的打开方式。

沈郁舟走了两步，突然停住。

沈希林一脑袋磕在他背上，揉了揉撞疼的鼻尖："哥哥？"心里却如明镜一样通透。

这是见到小苏姐了。

其实沈希林很早就发现了，自家哥哥虽然在外人看来是个精明总裁，但其实就是一个榆木脑袋，让他都忍不住着起急来。虽然他是个学渣，但是学渣怎么了？学渣就不能帮助哥哥获得爱情了吗？

沈郁舟立在原地，面色晦暗不明。视线所及之处，是一男一女共同推着秋千上的奶娃娃。清脆的笑声传过来，显得格外刺耳。

那天见到三人一起散步的时候，尽管很不想承认，但他有种这是一家人的感觉，让他心里十分不适。

他对乔苏有种自己也说不清道不明的感觉。这种感觉很奇怪，只有在面对乔苏时才会有，先是一点一点在心底滋生，然后开始生根发芽。

见到乔苏时，他会没由来地开心，尽管当天工作繁杂；看到乔苏和陆清昀在一起时,他会有一种难以言喻的酸胀感,恨不得她旁边的人是自己。

人真是矛盾的生物。

沈郁舟不得不承认,他二十五年来,第一次嫉妒一个人。

03.

"沈总!"乔苏惊讶道。

沈希林观察了一下哥哥的神色,然后快步跑过去抱住了乔苏的腰:"小苏姐!"

他心里腹诽得欢,刚才哥哥站的位置可以说很明显了,故意想让小苏姐注意到,如果小苏姐还发现不了,估计哥哥一生气就要带他回家了,还好还好……

乔苏摸了摸沈希林的小脑袋,抬起头问道:"沈总好巧,你们玩了什么项目啦?"

沈郁舟不能说什么也没玩,只好随手一指,结果这一指就指到了高台上的蹦极项目。

那座高台距离地面有八十米的高度,下方是一个巨大的人工湖,湖水泛着粼粼波光。乔苏头皮发麻,惊悚道:"沈总你是认真的吗?带着希林蹦极?"

沈希林嘴角抽了抽:"哥哥骗你的。"

乔苏艰难地吞了口口水："沈总什么时候也学会开玩笑了？"

沈郁舟没话说。

被晾了许久的陆清昀忍不住出声："真是好巧。"

沈郁舟面无表情地看着他。

陆清昀怀里的小树苗艰难地探出个脑袋，显然还没有玩得尽兴，有些不满意地揪着他的头发，直到他吃痛："松开。"

小树苗扭扭身子扑到乔苏怀里，搂着她的脖子在她脸上小小啵了一口。

"兔崽子！"陆清昀抛弃形象，咬牙切齿。

沈郁舟眸色微暗，低了低眼帘，问："还要去哪里？"

三人行最终变成了五人行。

乔苏牵着沈希林软乎乎的小手，几乎跑遍了整个游乐场。

沈希林年纪和身高都够到了游乐项目的标准，胆子又大，于是一大一小一起在三十几米的高空尖叫，嗓音破了也不管。

沈郁舟微微抬起头，能看到头发乱得像个小疯子一样的乔苏，莫名地，心情愉悦起来。

等等——

好像有什么在抓他的头发……沈郁舟扭头，对上小树苗一双水汪汪的眼睛。

小树苗趴在陆清昀肩上，努力伸长了小手，够到了沈郁舟的头发,然后死死地拽着不松手。

"松开。"沈郁舟低着头道。

难得有人和自己一样不招小树苗喜欢,又是一个他自己也不太喜欢的人,于是,陆清昀宠溺地捏捏小树苗的小脸,含笑道:"沈总,小孩子听不懂。"

好不容易借机约出乔苏,结果又碰上了不相关的人,陆清昀巴不得小树苗给自己出这口气。

沈郁舟一脸冷漠。

乔苏下了飞车时还有些头晕目眩,踩在实地上之后腿都软了,差点跪倒在地,多亏沈郁舟眼疾手快扶了她一把。

此起彼伏的尖叫灌进耳朵里,乔苏抓紧沈郁舟的手臂站直身体,忍不住仰着脸道:"沈总,你真该去试试。"

沈郁舟微微蹙眉,抬眼看了下冲上冲下的飞车:"为什么?"

"你整天都面无表情,去坐一次飞车,面部表情绝对会很精彩!"

"……"

04.

小树苗玩累了,窝在陆清昀怀里睡得正香。

陆清昀带着孩子不好久留,只能愤懑地抱着人先回家。

《洋娃娃和小熊跳舞》的音乐回荡在碧蓝的天空,软糯的女孩子嗓音有种说不出来的好听,好像整个游乐场都一下子温馨了起来。

巨大的松鼠布偶在人潮中穿行,手里紧紧捏着飘浮在半空的大把氢气球的绳子,略显笨拙地一个一个兜售着。

这种氢气球在游乐场里卖得要比外面贵很多,乔苏收回目光,继续往前走。

过了一会儿,沈希林突然拉了拉她的手。

乔苏一愣,低头道:"怎么了?"肯定又看到什么好玩的了。

"小苏姐,你看后面。"沈希林弯着眼睛,指了指身后。

她身后突然出现一大片五颜六色、形状各异的氢气球,一个一个紧紧挤在一起,严实地挡住了抓着线头那个人的脸。

随着眼前人慢慢举起手臂的动作,气球开始缓缓升高,露出那张一贯没什么表情的脸。

这场景有些滑稽,乔苏没忍住笑出声"沈总,你这是做什么?"

说完,似乎是想到了什么,乔苏松开沈希林,从口袋里摸出手机:"不好意思沈总,这场面我觉得很有必要记录下来。"

沈郁舟原本想要递给乔苏的动作生生顿住。

伴随着"咔嚓"一声响,画面被定格。

乔苏忍不住翻出这张图,边看边啧啧称赞:"沈总,你真是盛世美颜,板着脸拍照也能帅出天际。"

沈郁舟:"……"

无视她的调侃,沈郁舟把气球的线头全部塞进乔苏手里,似乎觉得不够,还多绕了几圈,牢牢地束缚住她的手掌:"给你。"

乔苏瞬间蒙了:"什么意思?给我买的?"

沈郁舟"嗯"了一声。

"沈总。"

"嗯。"

"你好奢侈。"

"……"

拉着这么多气球在游乐场里走动,乔苏真是赚足了行人的目光。她身边走过一对依偎着的情侣,忽然,那女生停住脚步说:"你看看人家的男朋友,多浪漫啊!我不管,我也要这样!"

她男朋友面露难色,柔声劝道:"二十块一个,那一把气球够你买几十支口红了。"

"嗯,也是哦。"

05.

这个时候,游乐场安静下来,乔苏一手牵着沈希林,一手牵着大把气球走到了出口。

沈郁舟把车开过来，打开了车门。

乔苏盯着大开的车门犯了难："这些……怎么办？"她指的是那些气球。这么一大捧，肯定不好塞进去。

沈郁舟凝眉想了一下，接过那些色彩斑斓的气球，忽地低头看了她一眼，嘴唇动了动好像在说些什么，却没发出声音。他手指一松，那些气球纷纷脱离他的掌控，晃晃悠悠地飞到了天上。

一瞬间，漫天的彩色气球飞舞，场面看起来格外浪漫。沈郁舟道："好了。"

乔苏惊呆了，怎么也想不到沈郁舟居然这么随意地把气球都放了。她张大了嘴巴，半晌，干涩的声音才飘出来："沈总，你放飞了几十支口红。"

沈郁舟侧了侧身体，低眸看着她："你喜欢口红？"

乔苏坐上车，利索地系好安全带："女孩子嘛，谁不喜欢口红？"

沈郁舟低低地"嗯"了一声，踩了一脚油门。

他看起来心情很不错，虽然并没有微笑，但乔苏就是能看出来，他原本严肃得显得格外冷漠刻薄的脸柔软了下来。

莫名地，乔苏的心情也变得很好。

沈希林在后座坐了一会儿也没听到两个人说话的声音，心里焦急，但他不敢当着沈郁舟的面说"哥哥想请你吃饭"这种大实话，只好退而求其次："小苏姐，我饿了。"

趁着等待红灯的间隙,沈郁舟轻飘飘往后看了他一眼,没说话。

吃完饭,已经到了晚上七点。

这几天白天虽然温暖,但夜晚一到,温度骤降,裹着围巾的乔苏还是感觉到了刺骨锥心的寒冷。

偷偷看一眼沈郁舟……很好,他一点冷的感觉都没表现出来,甚至连眉头都不皱一下。

他穿得也不多,黑色大衣内搭一件酒红色的高领毛衣,西装裤下一双黑色高帮袜,然后是一双擦得光亮的绑带皮鞋,一副高贵冷艳的样子。

虽然他生活很单调,像没有夜生活的老干部,但他的公司和他的那张脸,就足够让人痴迷疯狂了。

夜风一吹,乔苏被餐厅里的热空调吹得有些发晕的脑袋一下子清醒了。走了几步,她居然左脚绊右脚地往前跌去,身体一下失去平衡,她"啊"了一声,紧闭着眼。

预想的疼痛并没有袭来,腰间一双大手牢牢地圈住了她,随后用力一带,她撞进了一个温暖而带着清冽香气的怀抱。

这一瞬,时间仿佛停滞。

头顶树叶茂密的橘树被风刮过的沙沙声、马路上潮涨般此起彼伏的车鸣声,还有旁边小吃店冒热气的汤锅的咕噜噜声,这些声音全听不见了。

万物归于静寂，四周安静得好像只能听到彼此慌乱而快速的心跳声，在乔苏心脏某一次停止跳动了之后，两人的心跳声开始同步，一下一下的。

顿了一下，沈郁舟放开了她："小心点。"

乔苏慌乱地点点头，半晌，摸了摸自己微微发烫的脸。

沈希林不敢再看下去，别开脸，死盯着路边的花坛，像能从一堆矮灌木中盯出一朵花来似的。

Chapter16.

阎王 @ 全体成员：心动是一种什么样的体验？

01.

"沙沙沙——"

风吹动树叶的声音。

"哗啦啦——"

忘川河水流动的声音。

这样特殊的二重奏也挡不住乔苏怦怦怦的心跳声。

她躺在床上，怎么也睡不着，只要一闭上眼睛，脑海里就出现沈郁舟的脸。

真是见鬼了，乔苏一下子从床上坐起来，面色复杂地打开手机。

【阎王】：@ 全体人员，心动是一种什么样的感觉？

【白无常】：老大！你恋爱了！

【阎王】：没有。

【孟婆】：孟婆我卖了百八十年的汤，也还是老处女一个。

【地府守门人】：老汉……已经不记得是什么感觉了。

【白无常】：嘿嘿嘿，这种感觉小黑应该特别了解。

【黑无常】：不了解。

【白无常】：别害羞。

【牛头】：黑白CP又开始撒狗粮了，现在也不是情人节啊！

一波插科打诨过后，才终于步入正题。

【白无常】：老大，你看到对方时，脑子里有没有一种烟花盛放的感觉？

【阎王】：没有。

【白无常】：那你看到他有没有一瞬间脑子里"轰"的一声变得一片空白的感觉？

【阎王】：……

【白无常】：好的，没有，我懂。那你有没有想把心掏出来给他的冲动？

【马面】：小白好恐怖，居然想掏出自己的心……

【阎王】：+1。

这天真是没法聊了。

白无常抱着手机转个身:"我上回就说了,老大要恋爱了!"

一处角落里传来一声冷淡的"嗯"。

白无常来了兴趣,斜斜地睨一眼宿舍里面无表情整理着今天后续工作的黑无常,无奈道:"怎么办?我看到你,就有这种感觉。"

黑无常留了余光注意着地府群里的动静,闻言心里一动,却还是稍微抬了抬眼皮:"唬人能不能先打一下草稿,别老看言情小说学那些浮夸的表达方式?"

"哈哈哈,小黑你居然说了一二三……二十八个字!"

黑无常对白无常居然数他说话字数的这种行为,只淡声吐出两个字:"无聊。"

"小黑,你有没有突然觉得我很撩?"

"不觉得。"

"太伤心了!伤心得要晕倒了!要小黑亲亲才能站起来!"

"无聊!"

对于"心动"这个词,最好的解释应该是这样的:见到对方的时候,时间仿佛静止,心跳加速,整个过程只持续几十秒,却能让人记住好多年。

关掉手机,重新窝回已经变得冰凉的被窝,闭眼。乔苏觉得,她一定会记得好多年。

人的这一生,漫长而孤寂,天上地下,只短短几十年。能遇到心动的人,实在是一件幸事。但是姻缘由天定,不是她一个人有这种感觉就可以的。

黑夜还很长,乔苏慢慢睡过去,一梦,梦到了沈郁舟举着气球的样子。

02.

早上九点,打卡机发出悠扬的铃声。

乔苏在铃声响起的前一秒,再次完美地踩点赶到。

这几天,首都的天气阴晴不定,今天阴沉沉的,天空上散布着如柴火燃烧后产生的黑烟般的云,显得逼仄而压抑。看样子是要下雨了。

沈郁舟开完会回来,抽出时间分了一眼给乔苏:"刚才各部门商量好,年会上要表演。"

乔苏从电脑后抬起头:"嗯,要表演,然后呢?"

沈郁舟依旧很冷静:"你也要。"

乔苏面色渐渐变了:"那我跟谁一起?"

"我。"

"你认真的?"乔苏差点从办公室里窜出来。

沈郁舟虽然对外比较严厉,但是人却很好说话,这点乔苏深知,却没想到那群人居然还能劝动沈郁舟上台表演。

牛啊！

"所以这几天，辛苦你。"沈郁舟很少说这种类似关心的话，一下子让乔苏飘飘然，有点找不着北。

距离年会的时间还有两个月，时间很充裕，只是因为搭档是沈郁舟，乔苏显得有些手忙脚乱。

啥节目适合沈郁舟啊？

考虑到沈郁舟高冷总裁的形象，乔苏先后毙掉了小品、双簧、相声，以及舞蹈类的节目，最后她得出一个结论，沈郁舟不适合表演。这当然是万万不能说的。

乔苏选节目选得心力交瘁，沈郁舟看不下去，敲了敲她旁边的玻璃："你选什么我都会尽力配合你。"

"真的吗？"乔苏眼睛一亮。

莫名地，沈郁舟又重新考虑了一遍，但看到乔苏的表情，那句"拒绝"却怎么也说不出来，只好点了点头。

乔苏激动道："那我们就来演一个情景剧吧，名字就叫《灰姑娘》，怎么样？"

"……"沈郁舟半天没说话。

乔苏眼里的光一暗："那我再换一个吧。"

"不用，就这个吧。"

"那你演灰姑娘,我演王子,怎么样?"

"……"

"哦,那还是换吧。"

"演。"

乔苏心下一喜,面上仍不动声色:"可你看起来有点不乐意。"

"没有。"

"好吧。"乔苏翻出《灰姑娘》的剧本,举起三指一本正经地发誓道,"沈总,相信我,当天我们一定会惊艳全场。"

沈郁舟淡淡地"嗯"了一下,转身进了办公室。

乔苏总觉得,他的背影跟跄了一下。

03.

"遥远的古堡里,住着一位美丽的公主,她善良、聪明,却在十六岁时,被纺锤刺破了手指,倒地死去……"

沈希林拉了拉乔苏的大衣衣摆,扬起一张小脸提醒:"小苏姐,这是《睡美人》的故事。"

"哦,是吗?我又念错剧本了,我换一个。从前有一位美丽的姑娘,她善良、聪明,却被后娘带来的两个姐姐虐待,整天待在火堆旁做苦力。有一天,王子发来邀请函……"

沈郁舟面部微微抽搐,很有种无力吐槽的感觉,但仍然尽职尽责地趴在假想的灰堆旁边捡豆子。他面无表情，仿佛格外不想去参加舞会似的。

"沈总，不是我说，你就这么演，我保证你是全场焦点！"

沈郁舟坐在垫子上，欲言又止地看了一眼乔苏，并不是很想成为全场焦点。

室内的挂钟又敲响了一下，晚上八点整了。

"今天就到这里吧。"乔苏收起剧本，往手提包里一塞，伸了个懒腰。

最近为了排练节目，两人都是下班后直接去沈宅，乔苏也因此和沈宅的人都建立了深厚的友谊。以至于她要走了，总会有管家或者打扫的人关切地问一句："乔小姐要回去啦？"

真是热情。

车窗仍然开着，冷风吹进窗口，冻得乔苏一个激灵，但仍不愿意关窗。

沈郁舟看看路况，又看看鼻尖和脸颊同样通红的乔苏，把车停在路边，将身上的大衣一脱，不由分说地披在了她身上。

乔苏愣了愣，车子已经重新开动了。

"沈总……"

沈郁舟专注地盯着路面："披着。"

窗外的风好像都柔和了许多，沈郁舟大衣上浅浅的皂片味道，混合着他身上清冽的香气，直往她鼻腔里窜，避无可避。

这种感觉，莫名让乔苏想起了那个晚上，她一头撞进了沈郁舟怀里，磕在了他坚实的胸膛上。脸颊不可控地爬上几抹绯红，好在她被冷风吹了一路，脸本来就是红的，现在也看不出来什么。

过了一会儿，乔苏仿佛感觉到什么，将右手从大衣下伸了出来。果然，一道微弱的白光环着她右手小指的第二个指节。

没多久，白光淡下去，指节上竟然凭空缠绕了一条红线。

红线牵引的方向……

居然是沈郁舟！

乔苏偏过头去，果然看到沈郁舟握着方向盘的左手的小指上，缠着同样的红线。

04.

乔苏不可置信地盯着沈郁舟，沈郁舟几乎被她炽热的目光盯得动弹不得，十分不自然地动了动身体，看向她，轻声问："怎么了？"

乔苏咽下口水，摇头。

她该怎么说？他们之间，产生了姻缘线。

姻缘线是什么东西？是红喜神月老手里的法器。千里姻缘一线牵，这都是冥冥之中就已经注定好了的事情。

哇，刺激。乔苏已经被惊得说不出话了，下车后头也不回麻溜地滚回了阎王庙，连"再见"都忘了跟沈郁舟说一道。

第二天，乔苏不惧风雨、马不停蹄地跑到了世纪城。

《神行九州》剧组刚好在拍一场雨戏，梁尘一袭白色古装，手执一柄淡黄色油纸伞，衣摆被剧组人工制造的大风吹得飘飘摇摇，一副仙风道骨的样子，扶起了跪在地上，浑身湿透，狼狈得像乞丐一样的许苔。

虽然下雨的这一幕很美，但是乔苏完全没心思看。

"CUT！好，这一条就到这里。全体演员休息二十分钟。"导演裹得像个粽子，举着大喇叭喊得中气十足。

"还好吗？"梁尘一手举着伞，一手扶着脸色苍白的许苔走回屋檐下。

许苔感冒有一段时间了，脸上不化妆也能看出病态，她勉强应了一声："嗯。"

"不行就再让医生过来看一下，你这样下去病好不了了。"梁尘一手接过助理递过来的手机，打算拨电话，却被许苔拦了下来。

"没事，我休息一下就好，上回开的药还没吃完。拍完下一场，我就去看看。"许苔说完，撑着自己咳嗽了几声，随意笑了笑，"大影帝，你快去记一下下一场的台词吧。"

"好吧。"梁尘把人交到助理手里，"你快去换衣服，头发用吹风机吹干。"

"我知道的。"

梁尘一走,小助理牵着许苢笑道:"梁影帝太温柔了,不知道谁会成为他的女朋友。"

"快走吧。"许苢视线转了转,突然看到边上的乔苏。正想过去打个招呼,却被小助理催着快去换衣服,想了想,只好作罢,于是换了条路先去了更衣室。

05.

梁尘换好衣服出来,外面雨势小了一些。

滴滴答答的声音绵延不绝,混杂着剧组喧哗的说话声。

"我早知道你还会来找我的。"梁尘叹了口气,甩了甩身上长袍那宽大的衣袖。

乔苏面色复杂地摸了摸小指处:"大仙上回有话要说?"

梁尘作为天上神,即使下凡历劫,也还有天宫版本的微信在,对天上的事情多少知道一点。前段时间天上闹得最大的事情,就是沈郁舟。

"你因何而到人间?"梁尘问。

乔苏回答:"索魂未果。"

"是沈郁舟的魂魄?"

"是。"

梁尘顿了顿:"你没有怀疑过沈郁舟其实不是人?"

乔苏顿了顿,想起不久前发生的事情,道:"有,他生气暴躁的时候,周围会萦绕着黑雾,这不是人会有的东西。"她当时发现了那些黑气,立即写信送去了天宫,但是一直没有收到玉帝的回信。

"对,他是熔炼池里沉睡了万年的鬼王。"梁尘说。

乔苏脸色难看了一点。

"万年已过,封印解除,玉帝趁着他还没醒,把他丢到了人间。"梁尘手里那把折扇有一下没一下地敲在桌面上,"他魂魄根本没有离体,所以黑白无常勾不到他的魂魄。"

"当年崇阳先祖压制下鬼王后外出游历至今未归,玉帝怕鬼王醒来后依旧掩不住当年的戾性,造成浩劫,所以化了他的记忆放到人间。月老查过他的姻缘簿,红线的那一头就是你,只不过玉帝改了你的那本生死簿,将一切提前了一些而已。"

乔苏一脸震惊:"所以,你们天宫的人都知道这件事?"

梁尘点头:"心意相通的人才能系红线,系了红线你们的姻缘就跑不了了,就算沈郁舟记忆觉醒,有你在,也不会闹出太大的动静。"

乔苏睁大眼睛,想起一句话,道:"这难道就是'牺牲我一个,保全所有神'的策略?"

梁尘继续点头，想了想，觉得乔苏确实有点惨，又解释："并不是牺牲，你们的缘分是注定好的，只是一切都提前了而已。"

乔苏这回什么也说不出来了，只能感叹："哇……刺激。"

"要是不让你们早一点相遇，说不定这个时候鬼王已经把我们都灭完了。"梁尘说着，端起茶杯喝了口水。

刺激，真的是刺激。

乔苏被事实砸得回不过神，走出去，连许苕喊她都没听见。

Chapter17.
别人不喜欢你,有人会喜欢你。

01.

沈郁舟发现最近乔苏有点不太对劲,尤其是她看向自己时的目光,透着诡异的复杂,让他莫名觉得心里发毛。

"天通快递!"

乔苏终于收到了玉帝的那封回信,叹了口气,拆开,一目十行地看下去。内容果然和梁尘所说的别无二致。她几乎想捶墙问天了,为什么倒霉的总是她?

这时,沈郁舟撩开窗帘问:"还有'天通'这个快递?"

乔苏赶忙回答:"有的有的,沈总。"

刺激,刺激刺激刺激,沈总居然是鬼王。

太刺激了,鬼王居然还跟自己在一起工作。

难怪沈郁舟能看到她的隐身状态，还能看到鬼差，身上还会冒气。乔苏这么一想，越发觉得自己真是很坚强。鬼王的名号她仅仅只是听说过，当年崇阳先祖制伏鬼王的时候，她可还没出生呢。

居然见到了活的鬼王……乔苏盯着沈郁舟的背影，万般心绪涌上心头，很想说点什么，但是又不知道从哪里说起，更不知道说给谁听。算了，还是自己消化吧。

过了一会儿，乔苏还是奔到了沈郁舟面前："沈总，你相信这个世界上有鬼王吗？"

沈郁舟抬起头，面无表情地问她："你又看什么不着调的小说了？"

乔苏有话说不出，不能说他就是鬼王，于是憋得很难受："你相信我，真的有。"

"……"沈郁舟轻轻地看了她一眼，低头继续批阅文件。

"沈总？"乔苏在他身边来来回回地走。

"你很闲？"沈郁舟掀了掀眼皮。

"不。"

对着那台熟悉的电脑，乔苏半天想不起来自己接下来要干什么。

想来想去，乔苏打开沈郁舟的对话框：沈总，你相信我，世界上有鬼王，而且，他就在你身边。

沈郁舟没回她。

乔苏锲而不舍地继续发：你真的不信吗？

沈郁舟还是没回。

乔苏：我说的都是真的啊！

沈郁舟终于回了，虽然只有短短几个字，但是语气严谨：现在是科学社会。

乔苏不依不饶：那为什么还有人写神话小说？

沈郁舟：写，不代表相信。

乔苏：沈总，你怎么这么固执？

沈郁舟：是你固执。

好，可以。乔苏放下鼠标，就当是她固执吧。

02.

古朴的屋檐上落下一串串水珠，带着冬天的寒意。氤氲的水雾模糊了远山，只能隐约看出它起伏的弧度。

梅花被雨水打得凋落得差不多了，花瓣细密地落了一地，铺满了树根处。

沈郁舟倚着长廊上那根雕花圆柱，视线凝聚在左手的小指上，许久，才淡淡地移开目光，看向了远处。

世界上真有什么鬼神吗？

沈希林出来喝杯水的空子,看到沈郁舟,于是悄悄挪动脚步,力图不发出半点声音,然后飞快地进了房间。

也不知道哥哥怎么回事,老是喜欢盯着自己的手指看?莫不是有什么怪癖?老是站在走廊上,像一尊雕像,真是太可怕了。

沈郁舟摸出手机打了个电话,对方没接。算了,许苕应该在拍戏。

想了想,沈郁舟往楼下走去,开了车,去了世纪城。

沈郁舟到的时候,这一场戏刚好拍完。

许苕今天好了很多,但还是有些咳嗽,沈郁舟眉头一皱:"感冒了就不要勉强。"

"没有勉强。"许苕不在意地挥了挥手,裹着又厚又重的戏服坐下,"前两天乔苏也来了一趟,你们俩还真是……"

沈郁舟顿了一下:"她来做什么?"

"你不知道?是来找梁尘的。"许苕就着助理端过来的温水吃了药,"你们怎么了吗?"

"没有,我来就是想问问你,怎么去追一个人?"

沈郁舟在这方面天生不开窍,虽然上学时也收到过不少情书,但他一般都是直接丢掉的,久而久之,就没有哪个女孩子再送了。许苕不一样,她天生性格好,喜欢她的男生排着队给她送情书送礼物,也只会被客客气气地退回去,再多说一句"好好学习"。

闻言,许苕忍不住笑出声:"你想追乔苏?"

沈郁舟指尖一滞:"是。"

记忆中的沈郁舟,冷漠、严肃,像天边的一抹云,令人捉摸不透,似乎很少有这种时候——

沈郁舟一脸懵懂地问:怎么去追一个人?

上学时候的许苕曾经一度以为,沈郁舟这辈子都不会有女朋友了,因为没有一个人会像他一样无聊,冷酷到不愿意和女孩子接触。

沈郁舟十八岁时,当家的父亲去世了,所有压力都压在他一个人身上。他变得更冷漠,拒人于千里之外。他接管公司,带着一群人走到现在,二十多岁的人慢慢变圆滑了,虽然话还是很少,却比以前好了很多。

许苕撑着下巴,这样真好啊。

03.

＃许苕、沈郁舟＃

＃沈郁舟深情表白许苕＃

＃沈郁舟探班许苕＃

三条消息霸道地占据了热搜榜前三。

这场景莫名有些熟悉。

许苔和沈郁舟是什么关系？不知道的都以为两人是情侣，只有极少数人知道，两人其实只是青梅竹马一起长大的好朋友。

当初许苔和沈郁舟被拍到一起吃饭，因为两人心知肚明什么也没发生，又因为关系好，就随他去了，并没有过多澄清，但此举在一群吃瓜群众眼里，基本等于坐实恋情。

这回又被拍到沈郁舟探班许苔，对许苔表白。许苔的粉丝纷纷坐不住了，接二连三发来贺电，祝福两人长长久久。连最近一直安分守己的吴嘉欣都躺枪了一次，被一些人用来和许苔比较。

许苔作为一个当红花旦，有颜值有演技，绯闻少得可怜，又很有路人缘，所以粉丝数量惊人，达到了三千多万。想想这个粉丝数，也难怪会窜上热搜。

至于沈郁舟，作为一个总裁，粉丝数虽然不及许苔，名气却不低，尤其是上回和吴嘉欣上过热搜，虽然是个乌龙事件，但是一些人对他还算印象深刻。

一个花旦，一个总裁，两个人的热搜一上来，几乎没有骂声，清一色都是祝福。

一些人甚至无比激动地表示——

"天哪！沈总的甜言蜜语真的好酥啊！"

"沈总和苔妹妹终于再次同框了！踹翻这一盆狗粮！"

"想要沈总这样的男朋友，有钱有颜还有文采！"

"羡慕苕妹妹!"

"苕妹妹"是许苕粉丝对她的爱称。

比起网络热搜下的热切祝福,当事人显得十分冷静。因为一个忙着处理文件,一个忙着拍戏,根本无暇去注意微博上的动静。

乔苏中午登上微博,就蒙了。

热搜这都是什么?她第一时间想到的是公关部怎么不处理好这事,可看到热搜女主角是谁后,又把打电话给小吴的冲动压了下去。

是了,沈郁舟一开始就没有否认和许苕的绯闻。

点开热搜,是一段音频,音质不太好,听起来总有"沙沙沙"的杂音。乔苏听到沈郁舟的声音,顿时起了一身鸡皮疙瘩。

"我喜欢你,现在喜欢你,将来也喜欢你。"

"就算全世界都忘了你,我也会一直记得你。"

"你去拥抱这个世界,让我来拥抱你,好不好?"

沈郁舟低而柔的嗓音听起来格外深情,果然就像电视剧里的男主角一样,对女主角说着属于她一个人的情话。

很难想象,沈郁舟这么严肃正经的一个人,居然会说这种肉麻兮兮的话?

乔苏震惊之余,还觉得心里一阵一阵泛着酸。莫名地,有些生气。

她坐在电脑前,兀自平复着心情,却又瞥到沈郁舟探班许苔时被拍到的照片。那样亲密的神态,简直毫无违和感。

乔苏耳边突然又响起许苔喊沈郁舟的那句带着软糯味道的"阿舟"。

你在想什么呢?乔苏。

乔苏这么问自己,原本许苔和沈郁舟不就是一对吗?你不是一直都心知肚明吗?从很久以前那条没被澄清的绯闻,再到《神行九州》女主一角内定,哪件事不表明了两人关系密切?再说人家还是青梅竹马,住在一块,还一起长大,在一起难道不是理所应当的事吗?

心里几分怪异的难受,被她压下去。难受什么呢?有什么资格难受?

可是,乔苏翻着微博,怎么觉得眼眶涩得过分呢?

04.

下班的前几分钟,沈郁舟终于处理好了手头的工作。

一些艺人的合同已经到期,他花时间拟了几份新的合同,所以一直忙到现在。

今天安静得异常。沈郁舟拉开窗帘,看到乔苏低着头在收拾东西。

看不清她的脸,沈郁舟却感觉到了,她心情不好。莫名地,他心里一紧。

"乔苏。"沈郁舟喊她。

乔苏正准备打卡下班,闻声脚步一顿,回头道:"沈总,什么事?"

她脸上没什么表情,看起来和平时没什么两样,沈郁舟却能看到她的眼睛里,分明有些委屈和埋怨藏着。

"怎么了?"沈郁舟走到她面前。

乔苏摇摇头,看到了沈郁舟左手的小指,心想:月老也真不靠谱,红线怎么能乱牵呢?

她不说,沈郁舟难得猜不透了一次,有些不解地盯着她:"你不开心。"

乔苏再次摇摇头:"下班了,沈总我先走了。"

沈郁舟心思一动,抓住了她的手腕,低眸继续问:"怎么了?"

"没什么,我要回家了。"乔苏挣了挣,没挣开,她尽量拿出平时的语气,直视沈郁舟,"沈总,已经下班了。"

沈总沈总沈总,沈郁舟只觉得她今天这句沈总大有一种要把两人分隔开的错觉,带着一股子说不出来的疏离。

沈郁舟抓着她,目光紧紧盯着她:"我送你。"

"不用,我……"乔苏话还没说完,沈郁舟先按了电梯,一副拒绝沟通的样子,她默默地又把话咽了回去。

沉默,无限沉默。
安静得诡异的车厢内。
谁也没说话,乔苏有种错觉,仿佛她能听见自己呼吸的声音。
沈郁舟侧首看了看她,第一次有了点不知所措的慌乱:"发生什么事了?"
乔苏回过去一个眼神,又慢慢将视线移到挡风玻璃上,对着外面即将没入黑暗的景色出神:"我喜欢上一个人。"
沈郁舟握着方向盘的手一顿。
"但是他好像不喜欢我。"
沈郁舟不知道说些什么,握紧了方向盘,打了个转,转上另一条路。半晌,他才低声道:"他不喜欢你,别人会喜欢你。"
是吗?
乔苏看着他,没说话。

05.

早就过了哥哥规定自己应该上床睡觉的时间,沈希林摸着黑跑出来倒水喝,猛地发现哥哥房间里透出来的光,哥哥还没睡?
他狐疑地走下楼梯,黑暗中的客厅里却亮着一道白光,是哥哥的手机没有关。

沈郁舟凝着面色坐在中央的檀木软靠上,手指在手机屏幕上来回滑动。

这是沈希林头一次看到这样心神不宁的哥哥。

他悄悄走近,踮着脚尖看到哥哥手指滞留的地方。

沈郁舟面无表情地抬起眼帘,和沈希林脸对脸。

沈希林:"……"

"沈·见哥屃·希林"立马低头,诚诚恳恳地认错:"哥哥我不是故意的,对不起。"

沈郁舟收回目光,似乎忘了责怪他没有时间意识,反而摁灭了手机,将手机收进大衣口袋,准备上楼。

身后传来沈希林稍显稚嫩的声音:"哥哥,你和小苏姐吵架了?"

沈郁舟刚走到楼梯口,抬起的一条腿就快要迈上第一道台阶,闻言,不着痕迹地收回:"没有。"他不明白乔苏为什么突然心情低落,即使想安慰也显得无从下手。

"女孩子都是要哄的。"沈希林连水也没心思喝了,仰起小脸遥遥看着沈郁舟,小大人一样。他很少这么有胆儿,"你要是惹她生气了,就买她喜欢的东西逗她开心。"

沈郁舟眉头稍微松了松,没一会儿又皱了:"你为什么知道?"

沈希林呼吸一顿,大气不敢出。他悄悄掀了掀眼皮去看沈郁舟脸色，然后温吞吞地回答："我……在微博上看到的。"

哪知沈郁舟既没有批评他，也没有瞪他说"看这些没用的东西不如滚去写作业"，只是不咸不淡地"嗯"了一声，然后说："早点睡。"

他家哥哥好像有点不正常？

沈郁舟很少刷微博，除非有什么不得了的事情，比如现在这件事。

他一刷，刷到了挂在榜上的自己。

沈郁舟没什么表情的脸色一点点暗了下去，怔愣间，清脆的铃声回荡在宽敞的房内。

微博界面变换成了来电界面，是许苕打来的电话。

"阿舟？"

沈郁舟敛眉听着，面上平静得看不出喜怒。

许苕电话打得很匆忙，听筒里还能隐约捕捉到导演指导演员演戏的声音。

她说："我下午忙着拍戏，好不容易休息了才看到这件事，现在怎么办？"

放在平时，许苕对这种事是从不上心的，但是现在沈郁舟不像以前，他有了喜欢的人，再闹出这样的绯闻，不澄清的话，对他和乔苏都不好。

沈郁舟手指搭在腿上微微蜷了蜷，暗自思忖了一会儿，才开口说话："'神行'的预告片正在制作，到时候把那一段放到预告片里，暂时不要剧透。"

"那乔苏……"

沈郁舟难得沉默起来。他看了眼微博发布的时间，又想起乔苏下午的不对劲，心里隐隐有一个猜测，让他提到了半空中的心又重新回到了胸膛里。

是不是，乔苏的不开心和这件事有关？那是不是，乔苏喜欢的人，其实是他？

他心里陡然一松，连带着心情也变得明朗起来。

Chapter 18.
你要不要跟我去地府坐一坐?

01.

"阿梦,你别死,你想吃的我都买回来了……还有你最喜欢的桃花扇,我跑了四条街,终于找到会做扇子的人……你撑一会儿,不要死……"

风吹过略显萧瑟的竹林,绿色的竹叶轻舞着,摩擦着发出轻微的声响,仿佛看懂了剧情,在和墨棋风一起悲泣。

梁尘作为男主墨棋风的扮演者,此时正抱着血流不止、神志不清的北梦一下一下地抚摸,面色柔和,眼神却充满悲伤,情感拿捏得十分到位。

"CUT!这条过了。"

梁尘脸上还挂着没干的泪痕,闻言,随手一擦,先把许苔从地上扶了起来。

躺得久了,刚起身的许苔一个没站稳,差点栽到地上,好在梁尘及时拽住了她,道:"小心一点。"

许苔不好意思地笑了笑,摸了摸鼻尖:"谢谢。"

一边等着的助理连忙抓起棉衣给许苔披上,生怕她再次受寒。梁尘看了一会儿,突然朝她伸出手。

许苔一愣,原本要离开的动作生生顿住:"梁影帝?"

梁尘从她盘好的发髻上摘下一片发黄的竹叶。

许苔后知后觉地摸了摸脑袋,没有了。

小助理捂着嘴唇,笑得眼睛都看不见了,问:"梁影帝的择偶标准是怎样的?"

梁尘看一眼许苔,突然笑道:"许苔这样的,就可以了。"

许苔站在原地,蓦地感觉脸颊一热。

小助理问道:"梁影帝这是在表白吗?"

梁尘盯了许苔几秒,春风和煦道:"你可以这么认为。"

许苔感觉脸更热了。

午饭是剧组发的盒饭,许苔坐在一个大木箱边上,身边突然投过来一道影子。

梁尘一撩衣袍,在她旁边坐好,刚巧摄制组在拍花絮,顺便就把这一幕拍了进去。

许苔原本以为梁尘是想在吃饭的时候顺便对一对剧本,于是从善如流地把剧本拿了出来，谁知梁尘从自己的盒饭里夹出了一个鸡腿，放进了她碗里。

"梁影帝？"许苔握着筷子，不知道怎么办。

梁尘压根不顾她面色奇怪，径直道："我叫的外卖，你太瘦了，要多吃一点。"

许苔夹了块白菜梗，咬了几口吞下去，才抽出空来笑了几下："梁影帝没有看微博？"

"看了。"梁尘面色如常，"那是《神行九州》第十五集的台词。"

"万一我和他真的在一起呢？"许苔抬起头，盯着梁尘好看的脸。

梁尘终于看向她，肯定道："不会。"

许苔心念一动，将筷子握得更紧："为什么？"

梁尘拨了拨饭菜里的咖喱酱料："我能看出来，你不喜欢他，他也不喜欢你。"

他第一次觉得作为一个神仙，也是有好处的。他清楚沈郁舟和乔苏的渊源，也算是间接知道了许苔不会喜欢沈郁舟。

02.

Dior 专柜面前站着个人，他穿着一件高领毛衣，将大半个瘦削的下巴埋了进去。眼窝处有明显的青灰色，看样子像是没有睡好。

导购把这款口红夸得天花乱坠，什么色号、质地、滋润度，他一句也没听懂，只能蹙眉不语。

不知道乔苏喜欢什么颜色。

没法，沈郁舟只好再给许苕打电话。

耽误了一上午的工夫，沈郁舟开车赶到公司，已经是饭点了。

出了电梯，沈郁舟下意识地捏了捏手提袋上的丝带，内心挣扎了一会儿，一抬头，乔苏的办公室里竟然没有人在。她桌面上干干净净的，跟昨天下班时一模一样。

沈郁舟目光在乔苏平时放手提包的地方转了一圈，确认了，乔苏今天没有来公司。

不知怎的，他心里一慌，拿出手机左看右看，也没看到乔苏的消息。像是想起了什么，他快步走进办公室，翻出了系统里的请假申请单，果然在里面找到了乔苏的那一份。

沈郁舟斟酌了一下字句，最终还是发过去平淡的一句：在哪儿？

等了一会儿，没人回复。

不是乔苏不想回复，实在是她身处天宫，人间的网络全没信号。

她一出现，大殿内鸦雀无声。

玉帝坐在高位上擦了擦汗："乔苏啊……"

乔苏向来心大，况且姻缘天注定，不过是提早了一点，不怎么影响她。

汇报完工作进度，她要出门时突然想起了一件事情，于是又转回来，特意跑到太上老君面前，道："还没谢谢老君上回给的仙丹。"

上回她和沈希林在人间遭遇绑架，要不是有太上老君给的仙丹让沈希林忘掉了那一段记忆，她还不知道该怎么撒谎。

太上老君也在算计乔苏的人员里，闻言心虚地尴尬一笑："没事，下回有事还可以找我。"

乔苏走出天宫，正好碰到雪女在云端施法，她这才发现，人间已经十二月了。她裹了裹衣服，快速回了阎王庙。

"要下雪了。"

走了一段，乔苏突然发现前方的墙边站了一个人。

听到动静，那人动了动脖子，看了过来。

乔苏看到来人，狠狠吃了一惊，立即瞪大了眼睛，确定了自己没有走错地方，才道："沈总，你怎么会在这儿？"

沈郁舟盯着她，眸光沉沉："你去哪儿了？"

乔苏张张嘴，什么也没说出来。总不能说自己去了一趟天宫这种话吧？

得不到回答，沈郁舟又耐着性子问："打电话为什么不接？"

这就有点冤枉了，乔苏举起手机："因为没信号。"

"……"沈郁舟噎了一下，想起上午买的东西，略微踌躇一下，还是抓住了乔苏的手腕，将手提袋塞进了她手里。

"什么？"乔苏一脸茫然，视线落在袋子上那个显眼的标志上，顿时目光拉直了，半天没找回自己的声音。

沈郁舟问："不请我去家里坐坐吗？"

乔苏瞬间被这一问震得魂魄出窍，去她家？去地府坐一坐？

"不不不……"乔苏连忙摆手。

沈郁舟盯着她。

"沈总，我家太乱了，还是别了……"乔苏顶着沈郁舟的目光，一边顾及着他的面子，一边极力拒绝，"我下次收拾好了，再请你去坐坐吧！"

沈郁舟不好勉强，他看了眼天色，已经完全黑下去了。

车灯在旁边一闪一闪的，照得路面一会儿明一会儿暗。

"乔苏。"

乍一听见自己的名字，乔苏歪了歪头："嗯？"

沈郁舟沉默了一会儿："没什么。"

03.

沈郁舟坐在车上，盯着乔苏没入黑暗的身影。差一点他就说出口了,可是心里总有个声音提醒他:万一她在乎的根本就不是那条热搜呢?

是了,万一她根本不是因为那条热搜而生气,他这样没头没脑地解释,到底算什么?

天上好像有什么飘了下来,轻轻柔柔地落在了地面。

沈郁舟打开车窗,伸手,有一片落进了他手里,又化掉了,变成了一滴冰凉的水珠。

真的下雪了。

"累死白爷我了……"白无常拽着一只小鬼抱怨,走了几步突然脚下一顿,"老大?"

乔苏并没有理他。

白无常摸了把光洁的下巴:"小黑,你看到老大手里的东西了吗?"

黑无常面无表情地点点头。

"那可是凡间大热的牌子啊!"白无常戳了戳黑无常的手臂,"刚才回来的时候你有没有看到外面有辆车?"

黑无常不解:"车怎么了?"

"你傻吗小黑,车倒是没什么问题,有问题的是车里面的人,是沈郁舟!"

黑无常拧起眉头:"沈郁舟怎么了?"

白无常忍不住扶额:"我说你啊……结合种种情况来看,老大是真的恋爱了,而且对方还是沈郁舟。"

黑无常听得认真,末了,伸手拂掉白无常帽子上的雪粒。

"小黑。"

"嗯。"

白无常盯着他:"你在撩我。"

黑无常沉默了一会儿,不着痕迹地收回手:"没有。"

乔苏心里有点乱,尤其是打开了手提袋后。

手提袋里是一个大盒子,乔苏莫名地紧张起来,下意识地屏住了呼吸。

揭开盒盖,是一排排躺得整整齐齐的口红。

乔苏震惊得一句话都说不出来,半晌,盯着那一溜黑色的口红管身,惊叹一声。

人家送口红都是送一支,沈郁舟是送一整套;人家是送正流行的斩男色,沈郁舟是送所有色号。乔苏满脑子都是——沈郁舟真有钱!

这时,沈郁舟发来消息:喜欢吗?

乔苏一个字一个字地编辑好,无比认真地问:沈总,迪奥给你广告费了吗?

沈郁舟隔了一会儿才回复:那你开心吗?

乔苏抱着套盒，忙不迭点头，想起沈郁舟看不见又编辑道：开心。

开心完了，乔苏又觉得这样不好。微博热搜的热度还没下去，事实在提醒她：沈郁舟现在是一个有女朋友的人。

她笑容逐渐消失，想了想，逐字逐句道：沈总，你这样是不是不好？

沈郁舟：怎么不好？

乔苏：你送我口红，那许苫怎么想？

那边似乎停顿了一会儿，才发来消息：我和许苫不是你想的那样。

乔苏握着手机，感觉自己的心跳在以不受控制的速度加快。低迷了一整天的情绪，因为这一句而逐渐高涨起来。

04.

今年的雪来得早。这场雪从夜里下到了第二天的清晨，雪花点点从天空落下来，经过十几个小时的堆积，地面上覆盖了一层。

乔苏踩着雪，在地面留下一串脚印。

突然，肩膀被人轻轻拍了一下，乔苏回过头，发现是许久不见的陆清昀。

他像是等了有一会儿了，大衣上落满了白色的晶莹。

"陆总，早。"乔苏今天心情好，打招呼时尾音上扬，眼里是掩饰不住的柔软笑意。

陆清昀也笑了笑:"早,好久不见。这段时间工作太忙,好不容易抽出空,没想到正好赶上了首都的初雪。"

冷风把雪粒吹进了乔苏的眼睛,顿时冰凉一片。她一说话,呼出的热气飘出来:"今天清安姐杀青,你是去接她吗?"

陆清昀点点头:"只猜对了一半。"

他一边说着,一边打开车门,后座的安全座椅上传来奶声奶气的一声:"姨。"

"小树苗想你了。"还有一句他没说,他也想她了。

小树苗被自家舅舅用棉衣棉裤裹得严严实实,还戴上了一顶毛绒帽子,只露出一张巴掌大的白净小脸,风猛一灌进去,冷得他打了个喷嚏。

乔苏心都被萌化了,一头扎进了后座。

陆清昀:"……"

头顶的镜子里照出后座正在互动、乐得合不拢嘴的一大一小,陆清昀心里升起一阵浓浓的无力感,他突然有点不清楚带小树苗出来的决定是对是错了。

陆清安杀青完,正在沐辰集团顶楼跟沈郁舟喝咖啡。乔苏抱着小树苗走进来,被一道不太友善的目光盯得心底发毛,于是她往小树苗身后躲了躲。

沈郁舟收回目光，然后面不改色地把小树苗抱了过去。

小树苗一碰到沈郁舟就哭，停不下来的那种哭，他肩膀一耸一耸的，抽抽噎噎，好不可怜。

陆清昀莫名觉得心里受到了极大的安慰。小树苗虽然不是很喜欢自己，但好歹自己是他亲舅舅，即使不喜欢，表面相处也还是很和睦的。沈郁舟就不一样了，他也不喜欢沈郁舟，这个时候，就应该一致对外。

乔苏爱怜地摸摸小树苗的脑袋，突然想起一件事："沈总，希林不会是你带大的吧？"

沈郁舟冷着脸把小树苗塞到了陆清安怀里："不是。"

小树苗不哭了，开心地吃手手。

乔苏盯着小树苗破涕为笑的样子，由衷地得出结论："沈总，你有毒。"

05.

沈郁舟今天回家回得早，大部分原因在于他要去一趟机场。

乔苏坐在座位上，心情颇佳地冲他晃了晃手里的剧本："灰姑娘，别忘了记台词！"

听到这个称呼，沈郁舟顿时脚下不稳，整个人震颤了一下，才艰难道："好。"

一个小时后，熙熙攘攘的机场大厅里，突兀地响起一声："儿子！"

沈郁舟微微掀起眼皮，收起手机，抬脚走了过去。

李月华把自己的披肩拢了拢，心疼地将沈郁舟上下打量一遍："我儿子都瘦了。"

沈郁舟接过她的行李，为她挡过一侧的人流，淡声道："车在外面。"

回家的路上，两人都默契地没有说话。沈郁舟总觉得有哪里不太对劲，但又说不出来，气氛充满了一种十分诡异的和谐。

窗外的景色飞速向后退去。

李月华看了几眼面色冷沉的沈郁舟，几次话到嘴边，最后又默默地咽了回去。

就这样一路沉默着回到了沈宅，沈希林飞快地跑出来。他先看了沈郁舟一眼，才扑进李月华怀里："妈妈！"

李月华摸着沈希林的脑袋，边摸边想：要是阿舟也能和希林一样，这么活泼就好了。

吃过饭，沈郁舟摸出剧本看了一会儿。看到王子的戏份，他似乎想起了乔苏，嘴角上翘了一个小小的弧度。

他摸出手机，想跟乔苏发消息，房门突然被人敲响。

管家道："少爷，夫人喊您去下棋。"

沈郁舟旋即又把手机收好，放下剧本，恢复了那副面无表情的样子："知道了。"

家里很少这样有热闹的时候，上一次还是乔苏来家里排练的时候。沈郁舟走下楼梯，大厅里灯火辉煌，充满了欢声笑语，一下子生机勃勃起来。

李月华正在桌面上摆放棋子，檀木制成的棋子一个一个被摆放在规定位置。楚河汉界的左右侧，是一红一黑两种颜色的棋子。

沈郁舟在红方坐好。他正想说话，突然看见李月华眉头紧紧皱起，神色紧张而激动，伸手反复在棋盒里翻找着："咦……对象呢？对象呢？"

沈郁舟："……"原来在这里等着他。

"妈，别装了。"沈郁舟不动声色地把桌布下的两颗棋子拿出来，在对象的位置摆放好。

李月华察言观色："阿舟啊，你和小苕这段时间不是在微博上挺火的嘛。"

沈郁舟走了一颗棋子："这只是个误会。"

"不能让它变成现实？"李月华跟着走了一颗黑子，"小苕也是我看着长大的，跟你一起再合适不过了。"

沈郁舟动了动嘴唇，话未出口，就被沈希林抢先一步："妈妈，哥哥有喜欢的人了！"

老天证明，沈希林的胆子从来没有这么大过。

Chapter19.
沈总原来还是热搜体质。

01.

乔苏这几天一直在忙一件事,不是年会的节目,也不是手里的工作,而是……租房子。

自从几天前沈郁舟说要去她家坐坐之后,她就每天都活在一种不知名的恐慌当中。思来想去,还是先在外面租一间房子比较好,有什么事也可以应付一下。

逛完同城网,乔苏伸了个懒腰。

已是年底,合适的出租房并不多,有些帖子发出来根本联系不到人。找了大半天,竟然连一个好的也没找到。

沈郁舟从电梯里出来,看到乔苏正专心致志地盯着电脑,鬼使神差般地投过去一道视线。

触及电脑上的内容,他微微抿了抿唇,思索了一会儿,然后走回了自己的办公室。

下午三点,乔苏发现同城网上多了一个新帖子——

#年前急租#地址洛河路尚源城,两室一厅带厨卫、精装修,租金每月1000块。

房东特意拍了高清图放在帖子里,乔苏一张一张地翻完,不由得感叹道:骗子!

洛河路那一块儿是首都最繁华的地方,寸土寸金,房子那么好,租金居然只要一千块?还是两室一厅的?骗谁呢?

忽略掉那个帖子,乔苏继续望天忧伤。

隔了一堵墙的办公室里,沈郁舟盯着平放在桌面上的手机,等了半天,也没等来那个熟悉的电话,他决定出去看看。

刚摸到门把手,手机突然振动起来,沈郁舟面上不显山不露水的,动作却利索了一倍不止,待看清来电不是乔苏后,面无表情地挂断。这是他前阵子办的一张新卡,原本是用来办公的,没想到现在却用来当房东了。

世事无常。

走到乔苏办公室前,手机又振动起来,沈郁舟继续挂断。

乔苏百忙之中抬起头,瞥到沈郁舟冰雪般的脸:"沈总,你心情不好?"

沈郁舟"嗯"了一声。

好嘛，人家都已经承认不开心了，按照国际惯例，下一步她就得问问怎么回事。

沈郁舟分了一小眼在她面前的屏幕上，脸色越发难看起来。

为什么不打他的电话？就因为房租便宜吗？

02.

到晚上，乔苏发出的求租信息仍然没有得到回复，反而那个租金一千的房子涨房租了！

抱着试试看的想法，乔苏拨通了房东的电话。

铃声乍一响起，沈郁舟条件反射般去挂断，却在看到提醒时，生生住了手。

"喂？"乔苏的声音从听筒的那一端传来。

沈郁舟顿了几秒："你好。"

乔苏："咦？你的声音好耳熟啊，像我一个朋友。"

沈郁舟心慌慌："是吗？"

乔苏越听，越觉得熟悉，但她转念一想，世界上相似的声音多了去了，怎么会那么巧？

这点疑惑在见到房东时，彻底消失了，眼前这个白衣黑裤、梳着背头的青年，怎么也不像是沈郁舟啊！就是声音和电话里的声音不太像。

一连问了好几个问题后，乔苏总算确定了青年不是骗子，于是利落地签了合同，把房租一交，当天就风风火火地搬了东西过来。

房子里厨具碗筷都是齐全的，乔苏自以为捡了个漏，正好省了买这些的钱。不过外面在下雪，不方便去买菜，她随手点了个外卖，打开电视一边看剧一边等。

半个小时后，门铃响起。

乔苏快速穿好拖鞋："来了，来了！"

接完外卖，乔苏有一瞬间觉得自己眼花了。

为什么，她看到了……沈郁舟？

沈郁舟显然也看到了乔苏，面上飞快闪过一丝诧异，低头掏钥匙的动作都顿住了。

乔苏捧着还冒热气的外卖艰难道："沈总，你……"

沈郁舟摸出钥匙："这里离公司近，希林不在家的时候，我都住在这里。"

"真巧，我刚搬过来。"乔苏还沉浸在和沈郁舟当邻居的喜悦里，丝毫没发现他眼睛里一闪而过的笑意，"你吃饭了吗？"

沈郁舟摇头。

乔苏又说："我点得比较多，一起吗？"

沈郁舟嘴角微微扬起："好。"

装修得十分简洁精致的房间里，玫瑰香薰的气味渐渐散发出来，融进热气腾腾的饭菜香味里，令人觉得温情而又浪漫。

沈郁舟盯着厨房里为他添碗加筷的乔苏，面色柔和下来。

03.

乔苏和沈郁舟成为邻居的第二天，微博上就被一件事刷爆了！

有人拍到许苕和梁尘共同出入XX酒店，气氛暧昧，甚至还牵着手。这一组图片很快窜到了头条，被各大娱乐博主转发。

微博上顿时一片骂声，不仅如此，许苕和梁尘两家粉丝还发起了口舌大战，战况激烈。双方各执一词，吵得不可开交。

梁尘方粉丝道："许苕真不要脸，前几天还跟某总裁亲亲密密，吃着碗里的看着锅里的，心疼我尘，眼睛不好，麻烦许苕滚出去！"

而许苕方粉丝则说："梁尘既然知道苕妹妹有男朋友了，干吗还这么不避嫌地缠着她？苕妹妹有错，难道梁尘就没有错？"

其中还有沈郁舟的粉："心疼地抱住总裁！"

乔苏摸着下巴，思考这件事的真实性。

娱乐圈的事情，真真假假，假假真真，谁也说不准上一秒还是国民女神高高在上，下一秒会不会被别人踩进尘埃里再也爬不出来，真是一个吃人不吐骨头的地方。

沈郁舟说过他和许苕只是朋友关系，绯闻只是一些记者捕风捉影产出来的东西。当年许苕刚进娱乐圈，形势不稳，两人吃饭被拍,闹出了绯闻,他便顺势以绯闻替许苕保驾护航,实则两人并没有什么暧昧的关系。

乔苏找到梁尘的电话打过去,对方没有接,大概是在忙。

世纪城的雪很好看,大雪如柳絮一样纷纷扬扬,落在灰岩青瓦的宫殿上。

许苕裹着火红的大氅站在城楼之上,发间染上绒绒白雪。忽而,她悲戚一笑,张开双臂,从城楼上跃下,像一只浑身燃着火的凤凰。

"CUT!这条过!"导演举着喇叭道。

工作人员将许苕身后的威亚绳解开,助理连忙塞过来一瓶热水:"小苕姐,暖暖身子。"

"嗯。"许苕接过保温水杯,看着助理面露难色、欲言又止的样子,笑道,"怎么了?"

助理犹犹豫豫:"小苕姐,你上热搜了。"

许苕笑容渐敛:"怎么回事?"她这段时间一直待在剧组,能有什么事情上热搜?

"是清安姐的杀青宴,有狗仔拍到你和梁影帝一起。"助理摸出手机,"你看。"

这条微博热度居高不下,评论里的人骂得十分难听。许苕脸色沉了下去,关掉手机。这时候光是口头澄清并没有用,不少粉丝已经失去理性,根本不会相信她的话。

除非……

04.

冬至当天,剧组给全体员工放了半天假。

许苕正在和助理收拾东西,一转身,发现梁尘站在身后。

小助理人很机灵,一看这情况,自己拿好东西默默地先去了车上。

许苕停下收拾东西的手:"梁尘?"

"嗯。"梁尘淡淡地应了,随即迈开步子走过来,"你要怎么做?"

许苕低了低眼睛:"阿舟已经把当天的监控调出来了,我下午开个记者会,把这件事澄清。因为我,影响到你了,真的很抱歉。"

"没关系。"梁尘动了动唇,想说点什么,最终还是把话咽了下去,"我跟你一起去。"

许苕怕再给梁尘带来麻烦,原本想拒绝,可梁尘一再要求,她也只好点点头。

记者会在天域剧场旁边的林城大酒店举行,时间定在下午三点,许苕和梁尘到的时候,外面已经围满了人,连私密通道都被堵得水泄不通。

许苕刚下车,就被移过来的话筒堵得寸步难行。突然,一杯奶茶从空中砸过来，直接砸中了她的脑袋，温热的液体从额角流到了脸上，浓郁的奶香味瞬间弥漫开来。

有人开了这个头，随即接二连三的东西砸过来。

许苕抬起手臂挡了挡，衣袖被砸得看不出原本的样子。助理还在奋力推开人群，她被人推得踉跄了一下，差点磕在地面。

梁尘快步挤进人群，及时扶住了她："还好吗？"

许苕勉力站好，眼眶里有些湿润，又哭不出来。

她神思有些恍惚，好像想起了不久前梁尘也这么问过她，当时她浑身湿透倒在雨里，梁尘撑着纸伞，扶她起来，问她身体好不好。

二楼大厅里，一下子热闹起来。

头顶巨大的圆形水晶灯里外三层闪着颜色不一的光，细细碎碎的光斑落在柔软的地毯上。人影穿梭，声响不绝。

沈郁舟被挤得形象全无，西装都有些皱了。他面色看起来很不好，虽然还是没什么表情，但乔苏就是知道，他心情"不美丽"。

乔苏安慰道："沈总，你要这么想：只要忍过这一时，你就会恢复成清白之身，也不用担心再上热搜了。怎么样，高兴不高兴？"

沈郁舟无声地看了她一眼。

"当我没说。"乔苏两根手指搭在嘴边比了个"×"的动作，闭嘴了。

05.

话筒发出刺耳的声音,众人不自觉地安静了一瞬,也仅仅是一瞬。

记者手里的话筒都快戳到人嘴上去了:

"许小姐,最近微博上传出你和梁影帝约会酒店的消息,请问是不是真的?"

"许小姐,你和沐辰集团的总裁是否已经分手?"

"许小姐……"

许苔完全没有发言机会,几次握着话筒,都被刁钻的提问生生打断。

许苔身边站着梁尘,他安抚似的拍了拍许苔的肩膀,对着话筒道:"大家静一静,你们想知道的事情,我们都会一件一件地回答。"

他说,我们。许苔微微侧了侧身体,能看到梁尘俊美无瑕的侧脸。他浅色的唇瓣一开一合,说出的话很简单,却莫名地让她那颗焦躁不安的心平静下来。

"我希望大家能根据事实来写新闻,而不是捕风捉影地胡编乱造一些事情。"许苔说到这里,目光扫过台下安静的众人,"前几天影后陆清安饰演的一个角色杀青,我们几个人一起去酒店吃了顿饭,我不明白为什么就被写成了和梁尘约会?"

众人哗然,仍有些不死心地问:"那牵手是怎么一回事?"

"进酒店的时候,我被不平整的毯子绊了一下,吓得叫了一声,梁尘反应快抓住了我的手,于是就被人写成了'两人气氛甜蜜暧昧,手牵手丝毫不愿放开,许苕张嘴笑不停'。"说到这里,许苕停了一下,大厅里寂静无声,所有人的表情都有些一言难尽,"你们的良心不会痛吗?"

听到这一句,有些人忍不住笑了起来。

乔苏捂着嘴,笑道:"这群人黑白颠倒的功力真是太厉害了。"

沈郁舟又看了她一眼,想说"你黑白颠倒的功力也不浅",但还是忍住了。

"我知道有些人还是不信,不过没关系,当天的监控我也准备好了。"许苕和梁尘交换了一个眼神。梁尘看着她,勾起一边的嘴角。

身后的银幕上明明白白地放映着当天的场景,的确和许苕说的一模一样。

至此,再没有记者问什么了。

还能问什么?一切都真相大白了。

许苕顶着一身散发着强烈刺鼻气味的污垢,笑着宣布道:"还有一件事,我和沐辰集团的沈总……"

Chapter20.
现在的总裁随便一个红包都这么大吗?

01.

许苔和梁尘的事情终于告一段落,和沈郁舟的"恋情"也终于澄清。乔苏翻了翻几天过后逐渐风平浪静的微博,又发现了点东西,依旧是三方粉丝。

许苔粉:"苔妹妹果然是无辜的,心疼我苔被骂了这么久。"
梁尘粉:"影帝果然是一个有贞操的男人,更喜欢他了!"
沈郁舟粉:"心疼地抱住总裁!"

看到最后一条,乔苏有点想笑,又觉得这种时候笑实在显得太不严肃和正经,毕竟现在正在加班。

眨眼,天就黑了下去,从沐辰的顶层看过去,天色如漆如墨,地面却灯火通明。

这层楼前几天有人在门口处放置了一棵圣诞树，亮闪闪的，上面还挂着松果和铃铛。

像是想到了什么，乔苏走进沈郁舟的办公室。他今天也加班，忙着在键盘上敲打着什么，似一刻钟也不停歇。

"沈总？今天吃苹果了吗？"

沈郁舟敲字的手一顿，似乎很不解："为什么要吃苹果？"

乔苏："今天平安夜，吃苹果平平安安啊！"

"……"沈郁舟终于停下了手里的动作，就着转椅转过身来对上乔苏的眼睛，"平安夜一定要吃苹果才平安？清明节你吃元宝蜡烛？端午节你吃龙船？过年吃爆竹？本来就傻，还听信这些不切实际的话。"

这是沈郁舟唯一一次说这么多话，他说完，乔苏都惊呆了。

就在乔苏以为沈郁舟要转身继续工作时，沈郁舟又说："明天记得吃圣诞树。"

乔苏问号脸，她可能不应该自找没趣。

等乔苏一走，沈郁舟又继续打字。过了一会儿，他还是放下键盘，拉开桌下的抽屉，从里面摸出一个装在盒子里的苹果，放到了乔苏的办公桌上。

要吃苹果吗？

沈郁舟又摸出一个，拆了包装，洗干净，放进嘴边咬了一口。

甜。

乔苏去了趟卫生间再回来，就发现自己桌子上多了个精致漂亮的包装盒，开口处还用粉色丝带绑着一个十分少女心的蝴蝶结。

整栋楼的人都下班回家了，只剩下她和沈郁舟。

乔苏拆开包装，里面是一个圆润通红的苹果。

想了想，乔苏在微信上给沈郁舟发了条消息：谢谢沈总！

沈郁舟过了一会儿回复：别人送的，吃不完。

乔苏那点感动顿时灰飞烟灭。

02.

一大早，地府群里就聊开了。

【白无常】：秀一下白爷我新学的英文！Marry Christmas！

【孟婆】：Have fun together！

【追梦鬼】：Happy holidays！

【牛头】：Are Christmas stockings ready？

【技术鬼】：Tonight there is a will！

【地府守门人】：I love Christmas！

【白无常】：其他鬼就算了，守门人你怎么也会？

众所周知，地府守门人是个白发苍苍的老汉。

【马面】：I teach him！

【白无常】：马面你够了……

【黑无常】：shut up.

【白无常】：……

乔苏见众鬼兴致高涨，又想到今天过节，于是发了个"999"的冥币红包。

众鬼哄抢，一秒钟66个红包就被抢完了，重点是乔苏自己没抢到。

有乔苏带头，群里顿时红包满天飞。乔苏用的是电脑，抢红包不太方便，干脆摸出手机一点一个，忙得飞起。

沈郁舟开完会回来，见乔苏埋着头，聚精会神的样子，鬼使神差般走了过去。

原来是在抢红包。

等乔苏注意到沈郁舟，他已经在身后站了好一会儿了。

乔苏下意识地关掉手机，毕恭毕敬："沈总。"

沈郁舟什么也没说，淡淡地"嗯"了一声，回了办公室。

没过多久，乔苏手机振动了一下。点开，是沈郁舟发来的一个红包，大大的"拆"字就在眼前。

不会是……来检查她现在有没有玩手机的吧？

抱着这点想法，乔苏没敢点开。

过了一会儿，沈郁舟又从办公室里走出来，直接敲了敲乔苏的桌面："怎么不领？"

"哦哦哦！"乔苏点开那个红包，不知道为什么，总觉得沈郁舟是在恶作剧。等看到那串红色的数字，乔苏整个人都震惊了。

888？

现在的总裁随便一个红包都要包得这么大？

03.

转眼年关将近，公园里的树枝上落满了雪，碧绿的叶片上结了一层薄薄的冰，几个穿着红衣的孩子小心地从花圃里的叶子上撬出一块叶片般的冰，塞进嘴里。

虽然很好玩，但是冷。乔苏拎着买好的菜，头也不回地走进电梯。

饭已经做好了，电饭煲上的数字变成了"0"，隐隐飘出来的蒸汽带着不低的热度，拂过她择菜的手指，变成一小片湿润。

房门突然被敲响，乔苏把刚洗好的青菜放在砧板上，一边解开围裙一边思考：会是谁？

她在这边可没什么朋友，房租也才交完，这几天快递也停运了。这么想着，她疑惑地打开了门，看见门前站的是沈郁舟。

沈郁舟就住在她对面，门还开着，露出里面简单却典雅的装饰。

乔苏这才发现物业昨天给他们每一户送的大红对联上写的都是同一句话：新春玉犬门前卧，华夏金龙天外飞。横批是狗年吉祥。

一时无言，沈郁舟盯着乔苏湿答答来不及擦干的双手："我闻到香味了，能来蹭个饭吗？"

像是察觉到了自己的唐突，沈郁舟给自己找了个台阶下："我点的那家外卖关门了。"

理由很充足，找不出什么错处来，但是乔苏在意的不是这个，而是……

"沈总，我还没开始做菜。"所以，哪儿来的香味可以飘出去？

沈郁舟面色一变，很快又恢复正常："饭香。"

想到什么，乔苏侧开身子让他进去，兴奋道："沈总，这可是我第一次下厨，你吃完记得给我一点评价！"

不知道为什么，沈郁舟眉头突突跳了几下。

乔苏重新穿上围裙，点火，热油。

沈郁舟坐在客厅，目光柔和地盯着那个忙碌的身影，过了一会儿，他脸色变了。

空气中弥漫着焦味，带着点苦。

"咳咳咳……"乔苏一手捂着鼻子，另一手不停翻炒着锅里的芹菜和猪肝。

青色的芹菜段硬邦邦的，她不确定到底熟没熟，只好不停地拿勺子翻炒，直到把猪肝炒得变成了黑红色，沈郁舟进来了。

只看了锅里的东西一眼，沈郁舟就面无表情地关了火。

乔苏拧着眉头："怎么了？熟了吗？"

"熟透了。"沈郁舟把菜盛好，挽起毛衣的袖子，露出两截肌肉线条完美流畅的小臂，"你试味，我来做。"

乔苏"哦"了一声，拿起筷子，夹了块猪肝放进嘴里，嚼了几下，猛地吐进垃圾桶："怎么没有味道？"

沈郁舟看了一眼，问道："你放盐了吗？"

乔苏脸上顿时五颜六色，变来变去。

乔苏从来没有这么佩服过沈郁舟。

一眨眼的工夫，她从主厨，变成了下手都不如的试吃员。

沈郁舟炒好一盘菜递给她，她手里还端着一碗蘑菇汤没来得及放去餐桌，摇摇头表示自己这回没有多余的手来夹菜。没想到沈郁舟拿起筷子，夹起一小块鸡胸肉递到了她嘴边。

乔苏想也没想，张嘴咬住。她咀嚼到一半，才猛地想起来这个动作有多暧昧，耳根蓦地红了起来。

她端着那碗蘑菇汤走到客厅，冷静了一会儿，偷偷回头去看沈郁舟。沈郁舟依旧有条不紊地倒油下菜，像是完全没意识到发生了什么。她心里小小地失落了一下，盯着那碗漂着淡淡油花的汤，叹了口气。

"乔苏。"沈郁舟在厨房里喊。

"嗯?"

"过年要回家吗?"

乔苏想了想,她家就在地府,地府就在阎王庙,阎王庙就在洛河路,洛河路不就是现在住的地方吗?

"不回。"

沈郁舟动作不停:"嗯。"

"嗯"是什么意思?乔苏看了眼餐桌,突然喊道:"够了沈总,两个人吃不了多少的!"

于是沈郁舟从厨房走了出来,身上还系着画了海绵宝宝的嫩黄色围裙:"帮我解开。"

乔苏愣了一下,绕到他身后,解开了那个小巧的蝴蝶结。

沈郁舟微微低着头,白皙的脖颈优美地弯下一个弧度。乔苏小心翼翼地去解挂在他脖子上的带子,手指还是不小心碰到那一片肌肤,她顿时僵住了,指尖立即泛起微微的热意。

沈郁舟转过身,抓住她僵在半空的手:"怎么这么凉?"

乔苏撇过脸,耳根又红了:"体寒。"

"等我一下。"沈郁舟打开门走出去,留下兀自发呆的乔苏,没多久,又推门走了进来,带回了一个扇形的电暖炉。

明黄色的光被碎花布罩罩住,温暖在桌底逐渐蔓延。

餐桌上偶尔会传出筷子或勺子和瓷碗撞击的细微声音，乔苏正想去夹一块鱼肉，哪知沈郁舟也要去夹，两人的筷子就撞到了一起。她下意识地收回手，视线四处乱瞄，谁知道下一秒，沈郁舟却夹起那块蘸着酱汁的鱼肉放进了她碗里。

"多吃点。"

乔苏握着筷子的手紧了紧，泄露了一丝不经意的紧张："沈总，我们……"

"怎么？"沈郁舟微微掀起眼皮。

乔苏什么话都说不出来了。

04.

理发店里的轻音乐让人想睡觉，乔苏觉得眼皮在打架，仿佛下一秒就要睡过去了，但仍死死撑着。

她旁边的椅子上坐了一个中年女人，保养得很好，岁月在她脸上看不出痕迹。这当然不是她注意到那人的理由，而是那人的视线实在太过热烈，让她想忽视也忽视不了，她很确定自己从来没见过身边的人。

这家理发店其实就在她住的地方楼下，店面比较大，装修风格让人觉得舒服，只是进进出出的人很多。

理发师放下她刚洗完的湿发，拿吹风机呼呼吹了七八分钟，任由它半干不湿地垂着，又去招呼别的客人了。

趁着这个空当，李月华忍不住道"你好，你是住在这里的吗？"

长卷发、鹅蛋脸、漂亮、身材好，完全符合沈希林的描述。重要的是，她刚才偷拍了照片发给沈希林，沈希林无比肯定地说"就是她"，真不枉自己前些天躲着沈郁舟骇人冰凉的视线，塞给了沈希林一部手机。

乔苏笑道："是啊，最近才搬过来的。"

李月华顺着话走："难怪以前没见过你。小姑娘这么漂亮，有男朋友了吗？"

乔苏摇摇头，心里寻思着她下一句是不是就得说"我给你介绍一个吧"这种话。

"那我给你介绍一个吧。"

乔苏："……"还真被她猜对了。

李月华："我儿子，二十五岁，有房有车，年薪百万，长相过硬，正好也住在这里。"

乔苏不动声色地挪开了一点。

"你住在几栋？我儿子就住在这一栋，十二楼，怎么样？要不要见一面？"

等等！十二楼，那不就是她住的那一楼吗？

二十五岁，有房有车，年薪百万，长得也好，说的……该不是沈郁舟吧？

乔苏思考完，李月华已经打完电话。没多久，一个熟悉的身影出现在了理发店门口。

世界真小。

原谅乔苏绞尽脑汁，也只能想出这么一句。

沈郁舟先看到了李月华，然后才发现李月华旁边披头散发、一脸说不清道不明神色的乔苏。

"呵呵，沈总，上午好。"

沈郁舟看了一眼自家妈妈。

李月华心虚地移开目光。

双方已经打了一个照面，李月华这一趟见儿媳的目的也完美达成，于是潇洒地挥挥手离开，并决定深藏功与名。

Chapter21.
我身边空了一个很重要的位置，你来吗？

01.

垂挂在半空的水晶灯链发着银光，总感觉下一秒就要掉下来，等乔苏反应过来自己研究这个有点无聊时，沈郁舟的发言也说得差不多了。

沈郁舟很少说这么多话，虽然乔苏很想睡觉，但还是强撑着拉开眼皮，觉得自己还能再撑一下。

这是年会的现场，今天刚好是小年。

等沈郁舟缓步走下来，顺便给她递了杯红酒时，她才后知后觉地想起接下来是个什么环节，整个人瞬间打了鸡血似的："沈总，灰姑娘，准备好！"

沈郁舟："……"

"咳咳，我请了几个助演，这下就不用一人分饰多角了！"

天知道他们之前是怎么排练的，乔苏当了王子还得当继母，沈郁舟当了灰姑娘还得当恶毒继姐，那画风充满了神经质般的诡异。

听她语气也能想象出她眉飞色舞、欣喜十分的表情，沈郁舟不自觉柔了脸色。

想她一辈子都这样开心，想把世界都给她。

"从前，有一位美丽的姑娘，她善良、聪明，却被后娘带来的两个姐姐虐待，整天待在火堆旁做苦力。有一天，王子发来邀请函……"

吴嘉欣被邀请过来作为《灰姑娘》的旁白，正尽职尽责地念着自己的台词。不仅如此，这个情景剧里，还藏着其他惊喜——乔苏把《灰姑娘》的剧本改过几遍，给自己邀请来每个的明星好友都安排了一个角色，以期达到最佳效果。

这时，灯光亮起，照在一身补丁长裙、任劳任怨做着苦力的沈郁舟身上。

"天哪！王子要办舞会，我要去！"许苔穿着华丽的礼服，高兴地挽着陆清安的手臂，"大姐，我们去找父亲拿舞服吧！"

因为两人的到来，大厅里突然掀起一阵接一阵的欢呼。

说话间，梁尘扮演的父亲带来了精致漂亮的礼服："女儿们，快过来！"

沈郁舟也想凑过去，就在这时，角落里的灯光又亮了。

他总有种不好的预感，果然……

作为继母的陆清昀一出场，就吸引了众人的目光。他浑身珠光宝气，脖子上的金链子三米多长，气势汹汹道："灰姑娘，你不能去！"

沈郁舟的嘴角微微抽了抽。

两天前，陆清昀的公司买下了一部电影的播放权，准备放在春节后播出。他原本打算约乔苏去影城提前看一下，体验一把只有他们两个人并且只为他们两人播放的电影。当天还下着毛茸茸的小雪，多么浪漫……哪知道正好赶上乔苏搬家。

他把乔苏的行李放进后备厢，就听见乔苏说："陆总，小年夜有空吗？"

小年夜有空吗？意思怎么听怎么旖旎，陆清昀原本以为她要与自己约会，于是立刻冷静地回道："有。"

他们公司的年会在小年当天，早上九点开始，大概下午两点结束，之后的时间都是空闲的。

谁知，答应乔苏一时爽，事后继母火葬场。陆清昀差点哭晕在厕所。

"你身上这么脏，不能去舞会。"继母走到自己两个女儿身边，睨了灰姑娘一眼，"除非你把这盆豆子全都捡起来！"

人全走了，沈郁舟捂着脸低低抽泣。这时，沈希林拽着自己的一对翅膀，别别扭扭地飞出来："灰姑娘，别伤心，我这有一件礼服……"

沈郁舟换了身衣服，也变得金光闪闪、珠光宝气起来。

乔苏穿着霸气的骑士装，浮夸地说："啊！这是哪家的姑娘，竟然这么美，我能邀请你跳一支舞吗？"

舞台下，继母恶狠狠地瞪了沈郁舟一眼。

落幕时，全场掌声雷动。

沈郁舟在后台换衣服，他的那套舞服十分繁重，裙子里的圆形裙撑都快被压垮了。

他试着摸到身后，却怎么也解不开背上那几颗圆溜溜的珍珠扣子，解了一会儿，泄气地走到乔苏面前。

乔苏早就把大衣穿好了，好整以暇地坐在椅子上看了好一会儿，边看边笑："沈总，你不知道你这样很像一只……"她比画了一下，"猴子。"

沈郁舟看她一眼，无声地谴责她。

乔苏越说越来劲，双手灵活地把扣子从扣眼里解救出来，兴奋地道："沈总，你今天的表演真的非常 nice，尤其是看到继母时的那个表情，真是绝了！"

02.

"小苔姐,快快快,要赶不上飞机了!"小助理揪着一张脸,死死盯着手机上的时间,生怕错过一点点。

许苔才刚换下戏服,连头发也没来得及梳理,看起来有些乱糟糟的,但还是淡笑道:"还有一点时间,不急的。"

小助理帮她理了理耳边的碎发,两人刚走到门外,停在那儿的车便按了喇叭。许苔看清后座的人,打开车门坐了上去。看样子他应该等了有一会儿了,手里的杂志已经翻过一遍,微微有些皱。

"不好意思,又要麻烦你了。"许苔坐在梁尘旁边,笑道。

"没关系,乐意效劳。"梁尘把杂志放下,稍微侧身把车窗关了一点。

两人前几天同时收到了微博之夜的邀请,现在正要赶飞机飞往齐云市。许苔对齐云市并不陌生,她曾在齐云市上过大学,但因为出国两年,事情多又忙,已经快要记不清那儿的路了。

风从窗口的缝隙灌进来,吹到她裸露在外的脖子上,极快地爬起一层鸡皮疙瘩。她摸了摸脖子,还没说话,就感觉到身上一暖。一块小毯子盖在她身上,毛茸茸的,摩擦着升起丝丝热度。

梁尘把窗户全部关好,车厢内温度又高了一点:"小心着凉。"

外面还下着不大的雪,汽车压过地面,在雪地上留下几道清晰的压痕,混合着细微的"咔嚓"声。

许苔裹紧了毛毯,心底划过一股暖流。

飞机缓缓降落,窗外灰白的天空慢慢出现了景物。低矮的房屋随着飞机的下降,变得越来越高大,直到再也看不到顶层。

许苔和梁尘刚走到出机口,就被来接机的粉丝堵住了。这完全在他们意料之外,毕竟这次出行是保密的,而且两人口罩、帽子都戴得严严实实。

一大群人围在这儿,大多数手里拿着灯牌和海报,举得高高的。两人先是诧异了一下,随即冲人群打了个招呼,不知道是谁先喊了许苔和梁尘的名字,随后各色声音如海浪般此起彼伏地响起来,整个机场都似被这声音喊得震动起来。

耳朵泛起微微的疼意,梁尘注意到她轻轻蹙了蹙眉,举起食指抵在唇边。然而,只有离得近的粉丝看到了他的动作,身后的人喊声一浪高过一浪。

突然身侧有个人挤过来,撞了一个个子不高的女孩子一下,嘴里还不停地喊道:"梁尘我爱你!请给我签个名!"

眼看那个女孩子站不稳了,许苔伸手,一把抓住了女孩子的手腕,平时打戏她也是自己上场,手臂力气不小,生生把人从蜂拥而至的人流里拽了起来。

身边的粉丝都疯了,欢呼尖叫着朝两人靠近,保安和助理都挡不住这群人的疯狂,气得脸部扭曲。

"不要挤。"谁也没听许苔的,谁也听不见。她被人抓住了衣服,只感觉到有一股力气拖着她,要把她拉进人海淹没掉。

忽而,有只手拉起了她的手,带着她冲出拥挤的人群。

好像什么声音都听不见了,只有两人近在咫尺的呼吸声相交缠绵,耳边的风带起鬓间碎发向后飞去。

有一瞬间,许苔想一直这样奔跑下去。

03.

他们从机场出来时,时间才刚过四点。

齐云市温度要比首都高一些,一些花树甚至还吐露着浅色的花苞。

外面天色明媚,偶尔还有飞鸟掠过。

挂在枝条上的白雪在温暖的阳光下逐渐消融,水珠滴滴答答地落在地面,溅开一摊摊水渍。

梁尘停下来,回头盯着许苔,语气温和而随意:"还好吗?"

不可避免地,许苔想起每一次他问这话的场景,恰好都在她面临困境、浑身狼狈的时候。

枝头掉下的冰凉水滴砸在她额头上,把她的思绪全都拉了回来。

"现在我们怎么办?"刚才和助理走散了,她身边只剩下梁尘。

梁尘依旧拉着她,手心的热度源源不断地传递过去:"带你去一个没有他们的地方。"

他的声音太具有安抚性,春风拂雪般的感觉,像要吹进她心底。

一切声音都被遮挡在外。

冬日的街头人不多,安静得仿佛沉睡在梦里。许苔不由自主地紧了紧交缠在一起的手,眼前陌生而又熟悉的建筑在眼底倒退。

几年后,这里变化不小,从前这棵玉兰树旁每日有人排着队点餐的米粉店没了,她最爱去的那家饰品店也已经关了门,只有面前巨大石头垒成的长碑上还刻着一个圆形校徽,和校徽下方几个苍劲有力的蓝色大字——齐云大学。

梁尘侧首问她,眼睛里藏着晶莹的星河:"走走吗?"

许苔将手握得更紧:"走。"

大学放假放得早,校园几乎空了,却也还有一些留校的,在绿色的草地上踢球。

正巧,一个圆滚滚的足球滚到脚边,许苔蹲下身,把球捡了起来。

过了一会儿,有人跑过来要球了。那人脸颊上布满了薄汗,后背湿透了,看到她,脸颊腾地烧红,挠着头好一会儿,才喊起来:"你……你是许苔!"

他正激动,突然又看到旁边的男人,更加语无伦次:"梁……梁尘!"

　　许苔拉开嘴角冲他微微一笑,把球还了回去。她正想离开,梁尘却按住她的肩头,低了低头问她:"想踢球吗?"

　　很久前,她就已经没做过这种事了。她每天都在刻苦钻研演技,努力保持着一个偶像的优秀品格,晚上战战兢兢地翻看微博下的评价,一个不好的评价能让她难受许久。只是,这样的日子一日重复一日,慢慢地,她就把一切都看淡了,冷静麻木地重复着手里的事情。有时被导演责骂,难过不能表现在面上,即使受伤了也要忍着痛继续工作,她把一切都打碎了往肚子里咽,把自己当成铜墙铁壁刀枪不入,却忘了自己也是个普通的人。

　　脚下的球已经传过一轮,许苔盯着不远处的梁尘,抬起脚,猛地把球踢进了对面的网里,场上响起零碎的掌声。

　　梁尘递过来一瓶水。

　　许苔感受着贴在背上的湿润衣物,擦了擦额角的汗:"开心。"

04.

　　距离微博之夜还剩一个小时,小助理急得在原地打转。

　　距离微博之夜还剩半个小时,小助理喝光了一瓶矿泉水。

　　距离微博之夜只剩十分钟,小助理盼星星盼月亮总算盼来了自家艺人。

这样突然的失踪，就连沈郁舟也有些措手不及，好在许苕过来了，穿好了礼服也做好了造型和妆容，一如既往的完美。谁也不知道一个小时前发生了什么，让她整个人都染上了甜蜜的气息。

乔苏坐在沈郁舟身边，挡掉了来人给他敬的几杯红酒。浓郁的酒气在她舌尖打转，让她整个人飘飘然，像踩在棉花上一样不知深浅。都说红酒是甜的，可她分明尝出来的都是苦味。

喉咙似乎被灼了一下，热热的，她呼吸间全是那股馥郁的酒气。脸颊泛起潮红，仿佛天旋地转，晃一晃脑袋，还传来轻微的疼意。

"乔苏。"沈郁舟喊她。

这声音无比熟悉，她安心地倒在沈郁舟的肩膀上。眼皮好沉，想睁开却怎么也睁不开，像被胶水黏住了一样。

"乔苏。"

身体被人摇了摇，她不舒服地皱起眉头。

朦胧间，她好像听到沈郁舟在说话："原来你不能喝酒……我带她去外面吹吹风。"

后一句应该是对许苕说的吧，乔苏感觉自己身体一轻，稳稳地被人抱了起来。

"乔苏。"沈郁舟拍拍她的脸。

车灯开着，柔和的光线洒下来，沈郁舟抱着乔苏软趴趴的身体，低眉俯视着枕在他腿上的人。

她睡着，轻轻地呼吸。沈郁舟手指顿了一会儿，终于落在了她的脸颊上，轻轻捏了捏。软软的，泛着淡淡的酒香，像软糖，像酒心巧克力，像世间所有美的事物。

梦里也很安稳。乔苏看到了一只蜻蜓，从碧波粼粼的湖面飞过，轻盈而灵动，然后落在她的脸颊上，留下点水般的一个吻。

窗外呼呼的风声拍打着玻璃，乔苏皱眉，翻了个身，拿被子蒙住了头。突然，她一个激灵，直挺挺地坐了起来。

四面都洁白的墙壁，有些刺眼。她闭眼睁眼好几次，又晃了晃脑袋，还有些疼，但已经完全清醒了过来。这是什么地方？不像是酒店，更像是谁的家里。

空调里吹着暖风，将整个房间里烘得暖洋洋的。乔苏从床上爬起来，视线扫过自己附近的置物架，没找到自己的外套，反倒看到了床头柜上的眼罩和耳罩。

踩着一双崭新的红色拖鞋，她走到了虚掩着一侧的衣柜前。果然，那件墨绿色的大衣就在里面安静地悬着。

它旁边是几件男士大衣，两种风格颜色完全不同的衣服放在一起，莫名有一种和谐感。

像是原本他们就住在一起，共用一个衣柜。

乔苏取下外套，为自己这个不切实际的想法而偷偷窃喜。

房门打开了一条缝隙,饭菜的香味就迫不及待地钻进鼻腔。

乔苏扫一眼桌上的小时钟,才发现她这一觉,睡到了十一点。

客厅的装饰看起来有些眼熟,她猛然发现,自己这一醉,居然已经从齐云市回到了首都。所以柜子上那两个眼罩和耳罩,是她昨晚用的吧?不然机场那么吵,她怎么没有醒过来?

"醒了?我煮了解酒汤。"沈郁舟的声音把她飞到天边的思绪给拉了回来。

"沈总,我有个问题。"乔苏端着碗,喝了一口解酒汤,是酸辣的。

沈郁舟看着她,似乎是在等她的下文。

乔苏思索了一下:"我上回送你的内裤你穿了吗?"

沈郁舟:"……"

他眼里又涌现出一些责备,头也没回地走进厨房了。

沈郁舟系着围裙做饭的样子看起来很是贤惠,比起平时严肃冷漠的样子,多了些温情,棱角也柔软了下来。乔苏一看,就看入神了。

沈总果然是万能的啊。

这时,门铃响了。

沈郁舟还在炒菜,闻声回头看了一眼,乔苏连忙起身:"我去,我去。"

一开门，她就后悔了，一瞬间恨不得找个地洞钻进去，谁也看不见。

沈希林猛地扑过来，欣喜异常地道："小苏姐，好久不见！"

乔苏摸摸他的头，尴尬地看着他身后的中年女人。这算什么？被沈郁舟的妈妈当场抓住自己在她儿子家里吃饭？她满脑子想的都是，幸好这个时候她醒过来了，要是还睡着，那就不得了了。

"小苏啊，你们……"李月华笑得眼睛都快没了，"这是同居了吧？"

"不不不。"阿姨你听我解释。

李月华却满脸都是"我不听我不听我听不见"的表情，特别慈祥地伸手拍了拍她的肩膀："好，太好了。"

"哎？"乔苏伸出去的手被沈希林强势掰了回来，他仰脸问道，"小苏姐不喜欢哥哥吗？"

乔苏顿住了。喜欢，怎么能不喜欢呢？

饭桌上，乔苏恨不得把脸埋进碗里。

她的位置在沈郁舟边上，看她这样，沈郁舟起身给她倒了杯水。

又过了一会儿，沈郁舟道："妈，你别老盯着乔苏看。"

李月华露出伤心欲绝的神色，指控他："你也老大不小了，从来没带过女朋友回来，我多看几眼未来儿媳怎么了？"

乔苏的头埋得更低了。

"小苏,多吃点。"李月华夹起一块牛肉放进乔苏碗里,"和阿舟一起过得怎么样?"

乔苏实在不好意思:"阿姨,我住对面。"

她一说完,李月华先是愣了一下,而后反应过来,赞许地盯着自家儿子:"好,好,好,住对面好啊!"

她连说三个"好",让乔苏更加羞窘了。

李月华这回不得不相信,自家儿子真是开窍了。对面的房子跟沈郁舟现在住的这套是一起买的,原本是送给她的,但她一般住在沈宅里,所以这边一直空着。没想到,居然就这样套到了儿媳。

沈郁舟面色无改,继续吃饭。

05.

为了不耽误沈郁舟和乔苏相处,下午李月华就带着沈希林风风火火地回沈宅了。

乔苏跟着沈郁舟送他们到楼下,等人坐上车,才慢慢往回走。

这个时候,天空有些太阳的影子,光线比起早上也足了不少,快走到电梯口,沈郁舟突然偏了偏头:"一起走走吗?"

莫名地,乔苏有些紧张,但还是点了点头。

两人又从楼道走出来,去了小区里的公园。

因为太阳的突然光顾,公园里的长椅上坐满了拉家常的老人。

健身器材前也都围满了人,大家你一言我一语地聊着天,格外热闹。

这样宁静的日子实在太美好,乔苏瞥了瞥身侧的人,虽然面上依旧是一片淡漠,但眼底的柔软还是没逃过她的眼睛。

乔苏忍不住问:"沈总,你喜欢这样的生活?"

沈郁舟看向她,轻轻"嗯"了一声。

"那你已经完成了你的目标啦!"乔苏笑着摊手道。

沈郁舟疑惑地微蹙眉头。

乔苏又看了一眼那些谈笑风生的老人,心里跟着柔软了起来:"你看,要想过这样的生活,就得有栖身的地方,有一两个朋友,有能享受时光的东西。正好,你不是都有了?"

沈郁舟看向她:"还少了一个。"

乔苏看了一圈,确认了自己没有漏掉什么,才不解道:"还有什么?"

沈郁舟:"枕边人。"

像遥远的繁星突然落下来,在她身边发着光,耀眼得让她有些不知所措。

"所以乔苏,"沈郁舟声音突然落在耳边,"我身边空了一个最重要的位置,你来吗?"

乔苏精神一振,恍惚间,小指上的红线开始若隐若现,指引着她,红线那一端的人,就站在她眼前触手可及的地方。

尚未从对方的话中回神,口袋里的手机突然一振,悠扬地哼起了歌。

　　乔苏摸出手机，看到提示，顿时心下一松："沈总我……"

　　沈郁舟说："我给你时间考虑。"

　　乔苏愣了愣，随之重重地点点头："嗯！"

Chapter22.
幸福得像花儿一样。

01.

车子缓缓行驶在公路上,沿途路过的风景逐渐从眼底消散。

乔苏坐在副驾驶,开了一侧的窗户吹着风。耳边仿佛仍能听到沈郁舟放轻的声音,问她:"你来吗?"

怎么就逃了呢?明明心里激动得不行。乔苏懊恼地将额头磕在储物箱上撞了撞,突然一只手拿过来一个抱枕,垫在了储物箱上。她一磕下去,软软的,还有些弹性。

"怎么了?"陆清昀单手开着车,始终没有移开那个抱枕。

"我有个问题,一直想不到答案。"乔苏抓着抱枕,将整张脸都埋了进去,声音听起来有些闷闷的。

陆清昀收回了手,握紧方向盘,却分了一半的心在她身上:"什么问题?"

乔苏抬起头，张张嘴，最终没说出来："算了。"

今天是小树苗两周岁的生日，为此陆清安的老公也从外地回来了，准备晚上弄一个庆祝活动，特意请了乔苏。

这次生日宴办得不大，几乎都是陆家的人，乔苏一个外人在里面难免有些尴尬，等陆清安握着小树苗的手切完蛋糕，她就找了个借口自己出去吹风了。

陆清昀正抱着小树苗，躲避着小树苗的魔爪，一转眼找不到乔苏，连忙寻了出去。

乔苏对着小区楼下那棵掉光了叶子的白榆树出神。

手机上收到一条短信，是沈郁舟的，问她怎么还没回家。估计是看她微信没登，特意发的信息。她正准备打字回复，脚边落下一个影子。

"还以为你走了。"借着不远处路灯的光，还能看清楚陆清昀脸上的一点红润，看样子是跑出来的。

乔苏握着手机，斟酌再三，还是说："陆总，我喜欢上一个人。"

陆清昀指尖一僵。

"他跟我表白，但是我逃了，现在不知道怎么面对他。"

陆清昀静默一会儿，问道："你真的喜欢他吗？"

乔苏点点头，轻轻"嗯"了一声。

陆清昀垂着头，看不清脸上的表情，过了一会儿才说"你回去，跟他说你愿意。"

乔苏抬头,眼睛亮得惊人:"可以吗?"

陆清昀的手落在她肩膀上,微微点头,加重了语气:"嗯,可以的。"

02.

像是为了验证冬天是一个适宜恋爱的季节,微博上的情感博主接二连三地发布一些关于恋爱的鸡汤文。

连着看了三篇,乔苏刷到了因为公布恋情而被粉丝顶上热搜的许苔和梁尘。

两人的微博内容都简简单单,一张两人钩着手指的合照,一颗红彤彤的爱心。

原文下全是前来祝福的粉丝——

"哇——我就知道苔妹妹和梁影帝会在一起!论一个单身狗的直觉。"

"同上,上回梁影帝拉着苔妹妹跑路我就萌上这一对了。"

"一直觉得两人很配我会说?"

"苔妹妹值得梁影帝这么好的男人。"

"我也来接一个,梁影帝值得苔妹妹这么好的女人。"

"期待两人的首次合作也是定情之作《神行九州》。"

"楼上的广告,哈哈哈!"

"苕妹妹和梁影帝的颜值我是服的。"

"喜欢许苕,始于颜值,陷于才华,忠于人品。在这里谢谢苕妹妹上回在机场及时拉了我一把,否则我现在估计还打着石膏躺在医院。"

……

乔苏在一群异常积极活跃的粉丝里,找到了一个十分眼熟的ID。

"虽然上回苕妹妹澄清了和沈总的关系是被人误导的,但我还是很心疼沈总。"

这一回这个总是心疼沈郁舟的小粉丝干脆@了沈郁舟的微博号。乔苏点进去,发现他最近一条微博是转发了许苕公布恋情的图文,并送了祝福。

许苕在他的评论里调侃:祝沈总早日追到自己的小娇妻。

沈郁舟没有回复。

心里涌上些微妙的情愫,乔苏真恨不得马上去敲开沈郁舟的门。可她回来的时候路上堵车,到家时已经十点半了,沈郁舟应该已经睡了,她不好这么晚去打扰他。

外面的车流声声声不息。

乔苏躺在床上,觉得自己像条没有梦想的咸鱼。

03.

隔天一早,乔苏穿戴整齐,甚至连平时不戴的耳环都戴上了,正想去找沈郁舟,拉开门,却发现沈郁舟就站在自家门口,右手还维持着叩门的动作。

两人来了个面对面,沈郁舟微微屈起的手慢慢松开,随即垂到了身侧。

"我……"

"我……"

异口同声的两人都愣了一下,乔苏大方道:"那你先说。"

沈郁舟点点头:"剧组有个聚会,一起去吧。"

闻言,乔苏内心小小地失落了一下,却还是点点头:"什么时候?"

沈郁舟说:"十二点。"

乔苏之前起床的时候看了时间,是九点,她又磨磨蹭蹭地化了妆、选好衣服,现在大概十点了。

"还剩两个小时!"

沈郁舟道:"能赶到。"

路上有些堵车,乔苏这边的窗子开着,能看到旁边的一个小区里有人正在点鞭炮,一瞬间,噼里啪啦的响声传过来。

今天是年三十。

地府里不是不兴过年,而是一到过年,阴间没有投胎的鬼魂就会被家里人祭祖的时候请回家吃饭,所以整个地府里都是清清冷冷的。

黑白无常在车窗外冲乔苏挥舞着链子,乔苏立即紧张地盯着沈郁舟,果然他又看见了。

只见沈郁舟偏了偏头,嘴角抽搐一阵道:"你的朋友,还真是特别。"

乔苏随即嘿嘿一笑,他之前见到黑白无常也是这样,面部抽搐一番,于是贴心地解释:"他们Cosplay习惯了。"

沈郁舟:"不会不吉利吗?"

乔苏:"可能吧。"

"哎,小黑,你说这沈郁舟什么来历?"白无常眯着眼睛道。

"听说熔炼池的那位现在在人间。"

两鬼大刺刺地穿越人群,白无常惊悚道:"那老大岂不是……"

"老大是他的情缘。"

白无常回头:"你怎么知道?"

"听说。"

"好吧……今年过年你想要什么礼物?"

黑无常没说话,一双眼睛盯着白无常。

04.

乔苏从来没觉得自己这么怂过，话到嘴边又咽了下去，反复几次，她都觉得自己怕是没救了。

大圆桌周围坐着服装各异的人，举着酒杯准备碰杯。乔苏还没来得及端起自己那杯酒，就被沈郁舟换了一杯果汁。

想起那晚醉酒的场景，乔苏没好意思拒绝。

碰完杯，气氛热闹起来。许苕靠过来，坐在她身边，微笑道："怎么样？"

"什么怎么样？"乔苏抬眼看她。

"从进来到现在，你看了阿舟十七眼，嘴唇动了十二次，有话要说？"

乔苏汗颜："你观察得真仔细。"

"我记忆中的阿舟从来没有过这么温柔的一面，直到遇见你，他情绪才多了起来。"

乔苏心念一动，听她继续说下去。

"阿舟喜欢你，从见你的第一面起，我就看出来了。"

"沈总，沈总？"

乔苏被导演不大的喊声拉回了神，转头去看沈郁舟，他眼里满是潋滟的水光,白皙的脸庞微微泛红,和往常看起来太不一样了。

乔苏看了眼桌面上空了的白酒瓶,问道:"怎么回事?"

导演也有些紧张:"我从老家带了两瓶白酒过来,沈总一高兴喝多了。"

许莒看了一眼沈郁舟,突然笑了笑,了然地说:"沈总平时喝的都是红酒,可能不知道白酒度数高。乔苏,带他去外面转一转醒醒酒吧。"

乔苏点头,搀扶起沈郁舟。她有些讶异,没想到沈郁舟看起来高瘦,体重却不轻。

沈郁舟只是有些晕,还不到上回乔苏那个不省人事的地步。走到外面,乔苏看见隔壁一个新进来的剧组,从那边人群里走出来一个人。

"乔苏。"

乔苏看清眼前的人,笑了笑:"开机大吉。"

吴嘉欣也笑起来:"谢谢。"

瞥到她身边的男人,吴嘉欣问:"怎么了?"

乔苏回答:"喝多了。"

"那就不打扰你们了。"说完,吴嘉欣冲两人挥了挥手,重新回到剧组了。

乔苏知道,总有一天,吴嘉欣会走出一条属于自己的路。

05.

  搀扶着沈郁舟又走了一会儿，乔苏感觉到自己半边身体都麻了，于是找了一个空地，扶着他坐在一个仿真的树墩上。

  风轻轻，让人觉得有春天缠绵的气息。弥漫的烟火气味萦绕在鼻尖，撩得人鼻子痒痒的，心里也痒痒的。

  乔苏蹲在沈郁舟面前："沈总？"

  沈郁舟微微掀起眼皮看向她，没回应。

  不知道他是醉还是醒，乔苏突然一阵紧张："之前的话，我考虑过了。"

  其实根本没必要考虑，答案是什么，她一直都很清楚，没有人比她更清楚。

  "我喜欢你。"顿了顿，她觉得这样的说法实在太过简单。

  乔苏伸出右手的小指，第二个指节位置，果然有根红线出现了，若有若无的："我们的缘分是上天注定的，我喜欢你，我们就该在一起。"

  她知道，沈郁舟一定能看到那根红线。

  沈郁舟盯着两人的小指。

  他许久没有动，让乔苏有些怀疑他是不是睡着了。正胡乱思考着，突然身上一沉，一股力道带着她往前倾去。沈郁舟双手环住了她，沉醉的酒气在两人脸颊处来回流转。

顾不得这个奇怪的拥抱姿势，乔苏反手抱住沈郁舟问："你还醒着吗？"

"我一直没有醉。"沈郁舟说。被酒水浸润过后的嗓音又低又沉，还带着微微的苦意，像陈年佳酿，不停泛着醉人的香气。

沈郁舟道："你很久以前就承认过了。"

"什么？"

像是惩罚她不记得那一次的事，沈郁舟在她脖子上咬了一口，留下一个随时可能消去的印子："我说你是沈家的人，你说对。"

记忆终于苏醒，乔苏弯起眼睛："我觉得很幸福。"从来没有哪一刻像现在这样，觉得自己很幸福。

沈郁舟抱她抱得更紧了一点，在她脸颊上亲了一口："现在呢？"

"更幸福了。"

沈郁舟盯着她，吻上她喝过果汁后仍残留着鲜果香味的嘴唇，绵软芬芳。他在她唇间流连辗转，又舍不得太用力，怕她就这样化掉了。

一吻毕，沈郁舟问她："现在呢？"

"幸福得像花儿一样。"

沈郁舟勾起一边的嘴角，浑身透露着愉悦的气息。

乔苏盯着他好看的眼睛，想要用自己的余生，画出他眸子里的星辰。

番外一
人间记事

乔苏从阎王庙出来,天色已经有些晚了。

这个时候阎王庙的香火还不错,供品也比往常多了一倍不止。她从桌案上拿了个苹果,擦了擦咬下一口,还挺脆的。

刚才有一群人提着香烛进去,乔苏觉得热闹有趣,又贴上隐身符跟着他们走回了殿内。

首先祭拜的是几个鬓间染上白色的中年男人,他们跪在蒲团上,口中念念有词。

乔苏盯着他们燃完香烛离去的背影,忍不住自言自语:"这个愿望倒是许对了,祝你们长命百岁,每一年身边都有人陪伴。"

继续咬了口苹果,清甜的味道在舌尖炸开。

这次上香的是一个年纪不大的女孩子,十八九岁,盯着上方阎王的塑像就哭了。

乔苏心里着急,又不能去安慰她,只好等着她许愿。

没一会儿，女孩子边流着泪边说道："阎王行行好，不要带走我奶奶……"

沉默了一下，乔苏换了一只手拿苹果，右手一伸，一道白光闪过，手掌心里便稳稳地托住了一样东西，是一本泛黄的书。

翻了翻生死簿，乔苏眉头舒展开来"你奶奶行善积德，放心吧，能活到九十岁。"

接下来是一对小夫妻，不知道他们要求什么？

乔苏把苹果咬得咔咔响，等着他们说话。

"赐给我们一个孩子吧……"

乔苏差点被苹果给噎死，咳了好几下，脸涨得通红，连忙摆手："我这里可不管生孩子啊！这事要找送子观音的！"

送完这批人，乔苏趁着最后一点天光往自己的住所走。

街上的彩灯不停地闪着，手机微信跳出沈郁舟的信息：我做了饭。

乔苏加快了步伐，走了几步，又突兀地停了下来。

商场大楼的显示屏上正在播放一段古装戏，左下角是四个写得很个性的金色小字：神行九州。

这是《神行九州》的预告片。

乔苏原地驻足，不少人和她一样，也在盯着屏幕看。她正想走，突然听见温柔的男声从屏幕里传出来：

"我喜欢你,现在喜欢你,将来也喜欢你。"

"就算全世界都忘了你,我也会一直记得你。"

"你去拥抱这个世界,让我来拥抱你,好不好?"

这些话,不是沈郁舟跟许苕说的吗?

许苕开记者会的时候,已经澄清过这是一次好朋友之间的玩笑,现在看来,这并不是玩笑,而是《神行九州》的台词。他们是为了不剧透,所以才没有明说的吧?

乔苏突然想起来,自己当初看过剧本的啊,怎么当时上热搜的时候她没有发现这是台词呢?

心里柔软又酸涩,乔苏迈开步子奔跑起来。

耳边的轻风将小吃店的甜腻香气送进她鼻子里,撩得她忍不住打了个喷嚏。小道上不知名的花露了点粉色,她全没心思看,快速跑到住所。

沈郁舟打开门,还没看清人,就被扑了个满怀。

"沈郁舟。"

"嗯。"

不知道什么时候,可能是两人互相剖白了自己的心意之后,也可能是之后平淡的相处里,乔苏自然而然就改了对他的称呼。可现在,她还想更亲密一点儿。

"阿舟。"

沈郁舟一顿,继而轻声道:"嗯。"

"喜欢你。"

"我知道,但是……"

"没有但是!"

"好。我想说的是,希林还在。"

"……"

沈希林正坐在沙发上,手里还拿着寒假作业,犹豫着该怎么下笔。看到门口那一幕,他扔开笔捂住眼睛,真恨不得自己不在。

最后还有一道汤没有上桌,乔苏坐在沙发上,看着厨房里的一大一小。

"哥哥,放点西红柿吧,我喜欢吃。"

沈郁舟看他一眼:"柿蟹同吃定见阎王,你不懂吗?"

"谁要见我?"乔苏突然探出个头。

沈希林"哦"了一声,垂着脑袋走出去了。

沈郁舟看着乔苏,没理她莫名其妙的话,说道:"帮我拿两个蛋。"

乔苏竟然秒懂,他这是要做西红柿炒蛋的意思。

沈希林眼珠骨碌碌地转了转,确定自家哥哥没有注意到这边,才敢一下扑进乔苏怀里。

"小苏姐,真好。"

乔苏摸摸他的脑袋："是呀，希林弟弟，以后请多多指教。"

沈希林眯着眼睛猛点头。

乔苏从抽屉里拿出遥控器，打开电视。

《新闻联播》已经播完了，今天正好是周六，能看到XX卫视播出的一档新综艺。这是一档亲子综艺，拍摄地点在首都一处与世隔绝的小田园。风景很好，现在又是春天，一个万物复苏的季节，就显得更加闲适安逸了。

镜头一转，屏幕上映出了小树苗稚嫩可爱的脸，乖乖地在学习机旁边听一些简单的英语，而陆清安正在一侧烧水给他泡牛奶。

乔苏懂了，这就是陆清昀当初说自己作为小树苗的舅舅，要送给小树苗的礼物。

沈郁舟洗完澡躺在床上，觉得这样的日子有些不可思议。

他手机上播放着那个被他看过无数次的视频，这是吴嘉欣当时跳楼的视频，视频里吴嘉欣仿佛被什么东西拉住了，想跳却跳不下，在楼层边缘挣扎，但是近看，她身上根本没有什么东西束缚着，就像是中了邪一样。

这是当时被路人拍下的视频，他花了大价钱才把它买来，好在他发现得早，没有引起什么麻烦。乔苏手上的勒痕，就是这么来的吧？

怀疑乔苏的身份就是从那时起。

他想起第一次和乔苏见面时的钢笔，后来她的那个微信群，以及被他说成是 Cosplay 的黑白无常，还有她口中奇奇怪怪的那些人物。

当时陆清安私生饭的事情，他一直以为乔苏能解决是因为自己的背景很强大，所以没有过问她。现在想来，其实是因为她不同寻常的身份吧。

虽然这很不可思议，但是沈郁舟知道，这是真的。不过这又怎么样，他自己不也和别人不一样吗？

关掉手机，沈郁舟眼前浮现出乔苏的脸。

两个小时前，他把乔苏送回了对面，现在是晚上十二点。他知道，他们现在仅仅只隔着两扇门，可还是忍不住地，思念她。

番外二
天庭记事

N万年前,鬼王沈郁舟于万鬼中出世,浑身戾气,暴躁无比,刚出世不久就大闹了天宫,其破坏程度丝毫不输给齐天大圣孙悟空,因此成了众神心中的第二个毒瘤。

在沈郁舟意图第二次闹天宫时,崇阳先祖回来了。

崇阳先祖是什么人?是比玉帝职位还要高的神仙。

于是沈郁舟被崇阳先祖制伏,封印在了天界的熔炼池里。这一睡,就是一万年。

而随着时间一点一滴地过去,封印逐渐失去作用。

某日,天宫早朝。

"崇阳先祖云游至今未归,眨眼万年之期就要到了,万一鬼王醒来又开始兴风作浪可怎么办?"

"是啊,是啊。当年鬼王搅得天宫不得安宁,如今想来还是心里发怵！"

"得想个法子制止才行。"

坐在上位的玉帝面露难色，伸手捏了捏眉心。距离手机上显示的日子越来越近，天宫众神也开始焦躁不安起来。别说众神焦躁了，他也很是焦躁啊！

就在这时，月老颤颤巍巍地举起手："我有个办法，说不定能试一试。"

众所周知，月老是掌管姻缘的红喜神，出的点子当然也是这方面的东西。只见月老抽出上回天宫年会抽到的特等奖——一台iPad出来，熟练地进入了姻缘网后台……

"找到了！"月老欢呼一声，比出一个"见证奇迹"的手势，"这个人，就是地府的五殿阎罗王。"

有人问："这话何解？"

月老摸了把花白的胡子："我已经查过了，沈郁舟的姻缘，就是这一任的阎王乔苏啊！"

玉帝眼中划过一道精光："你的意思是……"

月老点点头："我们就把沈郁舟放入凡间，让他的姻缘去感化他怎么样？"

殿内响起一致的附和声：

"好办法好办法！"

"妙，实在是妙！"

"高啊!"

众人话音才落,殿外的天官就喊道——

"地府五殿乔苏到!"

殿内瞬间噤声,一帮神仙眼观鼻鼻观心,谁也没有说话。

按照惯例,每月十五号地方神都要抽出时间来天宫汇报工作,不巧,今天就是十五号。

乔苏将工作进度如实汇报上去后,交上了生死簿给玉帝过目。

玉帝和众神交换了一下眼色,偷偷摸摸地施法把沈郁舟的名字加了上去,并且改为了二十五岁XX日殒命的状态,然后一脸正直地再把生死簿还给乔苏。

等乔苏一走,众神齐齐长吁了一口气。

抹了抹额角并不存在的冷汗,玉帝带着一群神仙坐车到了熔炼池。

熔炼池离天宫有点距离,即使坐上了太阳神的"奔日"牌汽车,也花了大半个时辰。

这个时候的沈郁舟还在沉睡,一点也没意识到接下来会发生什么事。

李天王跟太白金星联合一群叫不出来名字的神仙,把沈郁舟从熔炼池里刨了出来,然后抹掉了他作为鬼王的那一段并不怎么美好的记忆。一行人吭哧吭哧地跑到了诛仙台,一个用力,把人扔进了轮回井。

当晚,天界版本的微信群里格外热闹,红包和祝福齐飞。

【玉帝】:庆祝天界终于少了个祸害!

【月老】:鼓掌,撒花!

【王母】:玉帝做得好。

【七仙女共用一个微信号】:父皇英明!

【太上老君】:玉帝英明!

【玉帝】:明日起,天宫大摆宴席三天!

【武曲星君】:玉帝圣明!

【司命星君】:玉帝圣明!

【太白金星】:+1。

【嫦娥】:+2。

【李天王】:+3。

【二郎神】:+10088。

【二郎神的哮天犬】:汪汪汪汪。

【齐天大圣】:一帮狗腿子,俺老孙就去取个经,你们这群神仙又在作什么妖?

【天蓬元帅】:大师兄快别说话了,俺老猪在火焰山快要被热死了……

并没有人理会孙悟空和猪八戒，甚至连他们是怎么出现在群里的也懒得再追究了，毕竟全天界都沉浸在鬼王下凡了的喜悦里。

与此同时，正在艰难渡劫的赤脚大仙梁尘无意间点开了微信群……彼时他正在人间的某个犄角旮旯里拍一部戏，浑身尘土飞扬。

他一脚蹬掉了鞋子，光脚踩在地面，那就是一个字：爽！

山沟里手机信号不太好，梁尘磕磕绊绊地看完99+的水群消息，竟然没从里面捕捉到一个有用的字，他简直惊呆了。

看聊天记录，所有神仙都很兴奋的样子，应该是件大好事。虽然在记录里看不出到底是件什么事，但是没关系，他有办法。

一分钟后，电话被接通。

"喂？文曲星君？"

了解完事情的真相，梁尘在心里默默同情了一下乔苏。这时，文曲星问道："都大半年了，你找到你的情劫了没？"

梁尘叹了口气，算了，还是同情一下自己吧。他特意下凡渡劫，这么久了，他连影帝的称号都拿了下来，居然还找不到情劫的半点影子。

啊，神生如此艰难。

关掉手机，摸出剧本，又过了一天。

天宫丝竹声声，地府凄凄惨惨，不为别的，就因为索魂时出现了一件怪事。

黑白无常第三次夜访沈宅,然后继续空手而归。

白无常瞪大眼睛:"老大,我索魂这么多年,还是第一次碰见这种情况啊!"

"别说你了,我还是第一次碰见呢!"乔苏反复检查完生死簿,摊手道,"这上面明明写着他阳寿尽了。"

生死簿从来没出过问题,乔苏稍加思索:"我得亲自走一趟。"否则要被扣工资了。

这年头,阎王难当啊。

这天下午,乔苏顶着大太阳,飞到了沈宅门外。令人吃惊的是,沈郁舟居然用肉眼能看到隐身状态的她!

太恐怖了,乔苏一回地府就书信一封,叫了天通快递送到了玉帝手里。

彼时,玉帝等人正在天宫醉生梦死,呃,举杯同庆。收到信的时候,他整个人先是蒙了一瞬,然后一本正经地开始忽悠乔苏。

至此,玉帝和众神的计划终于开始了。

图书在版编目（CIP）数据

今天也要喜欢你 / 子非鱼著. -- 哈尔滨：黑龙江美术出版社, 2018.7
　　ISBN 978-7-5593-3608-8

Ⅰ.①今… Ⅱ.①子… Ⅲ.①长篇小说－中国－当代 Ⅳ.①I247.5

中国版本图书馆CIP数据核字(2018)第146387号

今天也要喜欢你
JINTIAN YE YAO XIHUAN NI

出 品 人/金海滨
著　　　/子非鱼
责任编辑/李　旭　张泽群
选题策划/笙　歌　琵　琶
封面设计/刘　艳
内页设计/孙欣瑞
出版发行/黑龙江美术出版社
地　　址/哈尔滨市道里区安定街225号
邮政编码/150016
发行电话/（0451）84270524
网　　址/www.hljmscbs.com
经　　销/全国新华书店
制　　版/黑龙江美术出版社
印　　刷/湖南凌宇纸品有限公司
开　　本/880mm×1230mm　1/32
印　　张/9.125
版　　次/2018年7月第1版
印　　次/2018年7月第1次印刷
书　　号/ISBN978-7-5593-3608-8
定　　价/35.80元